괜찮다 괜찮다 다 괜찮다

천상병

책 머리에

「괜찮다 괜찮다 다 괜찮다」를 출간했던 게 십 년이 넘었다.

그때는 남편이 간 경화증으로 사경을 헤매다 다시 태어난 그 시점이었다.

그래서 더 감회가 컸었다. 남편은 언제나 세상을 욕심 없이 살았고 그 삶이 다 괜찮다는 뜻으로 풀이했기 때문에 한평생을 아름답게만 보아왔던 것이 아닌가 생각된다.

강천출판사의 사정으로 책이 출간되지 못하게 되어 답게 출판사 장소님 사장님의 뜻에 따라 재출간 하게 된 것을 독자들에게 양해를 구하고 아낌 없는 애정을 부탁 드리고자 서문을 대신한다. 남편이 세상을 떠난 지 만 8년이 지났지만 독자들에게 끊임 없는 사랑을 받고 있는 큰 사랑은 혼자 남은 나에게 늘 위로와 고마움으로 남아 나에게 힘을 주고 내 삶에 영원한 생명수 같은 활력소가 된다.

신문과 평론이 곁들여져 있어서 59년대부터 90년도까지의 삶을 알 수 있는 작품이기도 하다.

요즈음 가슴 아픈 것은 몇 분의 시인들께서 세상을 떠나셨고 중광 스님이나 이외수 씨도 건강이 좋지않아 종종 우울해 지기도 한다. 많은 분들이 다 건강해 주셨으면 하는 바람으로 마음 깊이 기도드린다.

책이 다시 태어나듯이 모든 분들이 활짝 웃음을 터트릴 수 있는 좋은 날이 되었으면 한다.

다시 한번 장소님 사장님께 변함없는 사랑에 감사 드리고 나를 아껴 주시는 남편의 친구분들과 선배님들께 진심으로 감사하다는 말씀을 드 립니다. 열심히 살겠습니다.

독자들께도 고마운 마음 전합니다.

세상은 그래도 아름답습니다. 남편이 말하듯 "괜찮다 괜찮다 다 괜찮 다"라고 생각하면 행복하다고 생각이 들 테니까요.

2001 . 초여름
목순옥

4

내가 사는 이런 곳

내가 아는 중광 스님

내가 중광 스님을 알게 된 것이 내 기억으로는 85년 여름이라고 생각된다.

저녁에 돌아온 아내가 하는 말이 내일 「주부생활사」기자가 '귀천'으로 (아내가 경영하는 가게)온다고 나도 함께 가야 된다는 것이었다.

그래서 가게로 갔더니 기자들과 함께 중광 스님이 계시는 곳으로 가자는 것이었다. 나는 아내에게 어디로 가느냐고 물었으나 아내는 함께 가기만 하면 된다고 하였다. 그래서 나와 아내는 중광 스님을 만나기 위해 경기도 광주로 가게 되었다.

처음에는 어디로 가는 중인지도 몰랐다. 처음부터 광주라고 하면 내가 가지 않겠다고 할테니까 가까운 곳이라고 이야길 했던 것이다. 얼마를 가도 자꾸만 가니 어디까지 가는 것이냐고 다그쳐 물었다. 그제서야 아내가 실토를 하는 것이었다. 사실은 광주에 있는 도자기 가마에서 작업을 하고 계시는데 그 곳에서 중광 스님과 만나 인터뷰를 하게 되었다는 것이다.

중광 스님의 이야기는 돌아가신 김종해 박사님이나 아내를 통하여 들었지만 스님을 만나러 간다니 나도 만나고 싶었던 분이라 기분이 나쁘지는 않았다. 다소 멀기는 했지만 서울 시내를 벗어나 맑은 공기를 마시며 들길을 달리는 것도 좋은 여행이라 기분이 좋았다.

내 생각으로는 두어 시간을 달려가지 않았나 생각된다. 어느 마을을 지나 여기저기 도자기 가마가 눈에 들어오곤 했다. 어느 지점에 우리 일행은 드디어 도착을 했다. 기다리고 계시던 중광 스님이 얼굴에 흙칠을 한 모습으로 우리 일행을 반갑게 맞아 주셨다. 내가 간다는 연락을 받고 만반의 준비를 하고 계셨다. 생각했던대로 괴짜인 것만은 사실이었다. 검정 고무신에 누더기 옷을 입으시고 온 얼굴에 흙이 묻어 있는 모습으로 내 손을 덥석 잡으시며 반가워 하시는 그 모습과 천진난만한 웃음은 초면이 아닌 옛날부터 알던 사람인 것 같은 다정한 만남이었다. 내가 스님께 보살님이라고 하였더니 스님은 나를 도사님이라고 하시지 않는가? 나는 "아닙니다. 도사님이라니요?"라고 반문을 했지만 자꾸만 도사님이라고 하는 통에 나는 "보살님, 보살님"하고 부르니 우리는 자꾸만 웃었다. 우리를 따라서 여러 사람이 함께 웃게 되어 얼마나 웃었는지 눈물이 자꾸만 났었다. 내가 막걸리를 좋아한다고 멀리 마을까지 사람을 시켜 몇 되를 사 가지고 와서 대접으로 막걸리를 단숨에 마셔 버렸다. 어찌나 술맛이 좋던지 두 사발을 마셨다. 스님도 마시고 따라간 기자와 모두가 막걸리 파티가 벌어졌었다. 그리하여 중광 스님과 나와의 인연이 그때부터 시작되어 몇 년을 다정하게 지내는 사이가 되었다. 남들은 중광 스님을 일컬어 걸레 스님, 괴짜 스님이라고들 하지만 나는 스님을 보살님이라고 부른다. 왜 보살님이냐고 물어온다면 나는 이렇게 말을 한다. 스님은 보기와는 달리 인정도 많으시고 의리도 있으시고 혀를 이리저리 돌리시며 어린애 같은 모습으로 그림을 그리는 그 모습은 꼭 보살님의 모습이시니까 나는 보살님, 보살님이라고 부르지 아니할 수가 없게끔 되어 있다. 나는 보살님이라고 해야 되는 또 한가지의 이야기도 해야겠다. 내가 88년 1월 달부터 5월까지 춘천의료원에서 입원을 하고 있을 때였다. 간경화증으로 일 주일밖에 못 산다는 진단을 받고 사경을 헤매고 있을 무렵, 스님께서 나의 입원 소식을 듣고 춘천의료원까지 찾아오셨던 것이다. 나는 너무도 고마워 눈물을 흘리며 감격해 있는데 스님은 오히려 나를 보고 "도사님을 뵙게 되어 오히려 제가 영광입니다"하고만 되풀이하면서 빨리 완쾌되어 서울에서 만나자고 하시며 나를 껴안으시더니 베개 밑에다 무엇을 넣고 가시지 않겠는가? 나는 한참만에 생각이 나서 베개 밑을 보았더니 돈이 이십만 원이나 들어있지 않는가. 십만 원은 마산 고등학교 후배이자 서울대학교 후배인 의사이신 분이 중광 스님께 전달한 것이고 십만 원은 스님께서 주신 것이었다. 말씀도 안 하시고 몰래 돕겠다는 그 마음씨가 어찌 보살이 아니시겠는가 말이다.

  그 후 나는 몇 번이나 아내를 통해 스님의 고마운 마음씨에 나는 항상 가슴이 짜릿한 정을 느끼곤 한다. 나는 스님께 아무것도 드린 것이 없는데 자꾸만 도와주시는 은혜에 나는 어떻게 보답을 해야 할 지 모르겠다. 내가 병원에서 퇴원하여 살아났다고 기뻐하시며 고생하는 아내에게 보탬이 되라고 이외수 동생과 함께 귀한 그림과 글을 주셔서 출판하게 된 「도적놈 셋이서」의 인쇄료도 아내에게 일임하여 우리 두 사람의 보금자리를 마련해야 된다고 하시며 선뜻 승낙해 주신 고마움 어찌 보살님의 마음씨가 아니고 무엇이겠느냐. 그리고도 두고두고 형님으로 모시겠다고 겸손을 보이시는 스님께 나는 되려 형님이라고 부르고 싶은 심정이 되곤 한다.

만나면 언제나 다정한 모습과 웃음이 나를 편안하게 해 주신다.

그리고 귀천에 앉아서 벽에 걸려있는 스님의 그림을 바라보면(학 한 마리)나는 곧 한 마리의 학이 되어 하늘로 날고 싶은 충동이 일곤 한다.

그 외에도 내 용돈이 필요할 때면 스스럼없이 나는 스님께 필요한 만큼 요구하면 언제든지 주시곤 한다. 그러면서 나를 보고 하시는 말씀이 "도사님은 천사같은 형수님을 만나 행복하십니다"하고 아내를 위로해 주신다.

비록 누더기 옷을 걸치고 가슴에 고장난 시계, 머리에 쓴 모자에 울긋 불긋 달린 장식들. 그 모습이 우스워 보일지 모르지만 어느 곳이든 어느 하늘 아래를 활보한 들 떳떳한 모습, 그 웃음 앞에는 누가 뭐라고 말한 자 있을까? 스님과 나는 언제나 서로가 형님과 도사로 엇갈리는 대화가 있을 망정 마음속으로 보살님이니 우린 언제나 만나면 반가운

것이다. 오막살이가 완성되는 날 스님과 나는 또 큰소리로 한바탕 웃으
리라. 도사님, 보살님을 함께 부르며 외치리라.

보살님! 감사합니다.

중광 스님! 보살님! 우리는 언제나 함께 하는 형제입니다.

동생 이외수

내가 이외수를 동생이라고 하는 데는 여러가지 이유가 있다. 왜냐고 묻는다면, 내가 이외수를 만나기 전까지는 잡지나 신문을 통해 그의 이야기를 들을 수 있을 뿐이었다. 그의 행각이나 모습이 나와 비슷한 점이 있다고 생각은 했었다. 그러나 만날 기회가 없었다. 어느 잡지사의 기사나 내가 좋아하는 조해인의 이야길 들어 그도 나와 같은 괴벽성이 있구나라는 정도의 상식밖에는 없었다. 세수를 일 주일이나 한 달 동안이나 하지 않는다는 소문에 나를 닮았구나 하는 생각이 들었다. 여하튼 '씻기 싫어하는 사람이 이 세상에 또 있구나' 하고 생각을 했었다. 그러다 우연히 잡지에 실린 기사를 보았는데 그 모습이 왜 그렇게 외로워 보였는지. 나는 차츰 이외수라는 작가에게 조금씩 관심을 갖게 되었다. 그러나 나같은 게으름뱅이가 그를 찾아서 만나야 된다는 생각은 하지도 못하고 있었다. 얼마나 어리석고 바보스러운 일인가.

마음속으로만 언젠가 만날 날이 있을테지하고 기다리며 오랜 시간이 흘렀다. 그러다 뜻하지 않게 우연히 나는 춘천의료원에서 투병 생활을 하게 되었다. 5개월동안 병원에서 입원을 했었다. 병명은 급성간경화증. 내 배는 꼭 만삭인 임산부의 그 모습이었다. 누워있으면 불룩한 배가 내 가슴에 한아름 튀어올라 있어 그 배위에다 책을 얹어놓고 읽을 수가 있었다. 생각하면 꿈같은 나날이었다. 온 몸에 알레르기가 생겨 내 몸에는 지도가 생길 정도로 껍질은 벗어지고 빨간 살이 드러나면서 진물이 나와 꼭 화상을 입은 환자같은 모습이었다. 전신을 붕대로 감고 옷도 입지 못한 채 두어 달을 고생했었다. 그 무렵 나는 많은 고통을 당하며 병원 침대에 누워 꼼짝을 못하고 있었다. 그날도 나는 얼굴에 까만 딱지가 더덕더덕 붙어있는 모습을 하고 있을 무렵이었다. 어느 날 생각지도 않는 방문객이 나의 병실을 찾은 것이다. 다름아닌 이외수였다. 나는 그를 보는 순간 너무도 반가웠다. "이외수야! 너는 내 동생이다"라고 말을 하고 말았다. 곁에는 예쁘고 잘 생긴 계수 씨가 웃고 있었고, 둘째 놈 진을이가 함께 있었다. 나는 담박에 계수 씨라고 말을 했더니 "네, 선생님 반갑습니다"라고 대답을 해 주었다.

그 세 식구가 나를 찾아와 반겨주었으니 내 어찌 기쁘지 않겠는가. 하느님께 감사하다고 몇 번이나 되풀이 했었다. 나중에야 들은 말이지만 계수 씨는 미스 강원이었다는 말을 들었다. 과연 훤칠한 모습이 그렇구나 라고 생각을 했었다. 그후 내가 병원에서 퇴원할 때까지 자주 찾아왔었다. 계수 씨와 한을이(큰아들)와 진을이(둘째 아들)를 데리고 열심히 찾아와 주었다. 나는 그때마다 즐겁고 기분이 좋았다. 그러던 어느 날 외수가 대마초 사건에 걸려들었다는 기사가 신문에 보도가 되었다. 그래서 나는 깜짝 놀라고 말았다. 그렇지 않을 거라고 몇 번이나 부인을 했지만 그것은 꿈이 아닌 현실이었다. 그래서 나는 하나님께 눈물을 흘리며 외수를 용서해 달라고 빌었다. 왠지 외로워보이던 그 모습이 자꾸만 떠올라 '하나님, 하나님 용서해 주세요'라고 자꾸만 자꾸만 빌었다. 그랬더니 하나님께서는 정말로 용서해 주셔서 내가 병원에 있는 동안 외수는 풀려나왔다. 그리고는 매일 나의 병실을 계수 씨와 함께 찾아주었다. 그래서 나는 계수 씨를 보고 이렇게 위로를 했었다. "계수 씨 내가 병원에서 퇴원을 해서 돈을 많이 번다면 계수 씨에게 매달 백만 원씩을 드리겠어요"라고 했더니 외수가 하는 말 "야, 천상병 형님이시니까 돈을 주신다고 하지 누가 네게 돈을 준다고 하겠냐?"라며 놀리곤 했다. 그럴 때면 나는 큰 소리로 병원이 떠나갈새라 웃곤 했었다. 아이들도 나를 큰아버지라고 부르며 잘도 따라주었다. 나는 그래서 매일 그들의 병문안이 마냥 즐겁기만 했었다. 퇴원 후 자기 집에서 얼마 동안 쉬었다 가라는 권유가 있었지만 5개월의 병원 생활이 너무도 지루했고, 장모님이 기다리시고 계실 생각에 퇴원할 때는 연락도 안하고 곧장 서울로 오고 말았다. 그런 줄도 모르고 외수와 계수 씨가 병실을 찾았을 때는 우리가 떠난 후였다.

외수는 하도 어처구니가 없어 그만 내가 입원했던 침대에 자기가 입원을 하고 말았다고 했었다. 어쨌든 외수는 나를 꼭 친형처럼 대하곤 한다. 나도 꼭 친동생처럼 대하기도 하지만 계수 씨와 아이들은 나를 또 무척이나 좋아해서 나는 참으로 행복하구나라고 생각을 한다.

그 고마움이 나를 아끼고 걱정하면서 또 내 아내의 걱정을 염려하여 고생하는 아내를 돕겠다고 중광 스님과 상의하여 「도적놈 셋이서」라는 시화집을 만들었는데 부던히도 고생을 하며 출판사와 함께 편집 하는 일까지 심려를 기울여 주었던 것이다. 그리하여 내 아내가 경영하는 가게의 빚도 갚게 해 주었다. 참으로 고마운 동생이다. 더욱이 계수 씨의 권유가 발동했으리라 믿으니 참으로 강원도를 대표하는 미인의 마음씨가 아니고서야 어찌 그리 고운 마음씨가 있을 수 있겠는가.

나는 거듭 감탄하며 계수 씨에게 고마움을 전하고 싶을 뿐이다. 외수나 계수 씨는 내 아내를 보고 천사같은 사람이라고 칭찬을 하지만 나도 외수가 행복하게 두 아들과 사는 모습을 볼 때면 천사같이 아름다운 아내를 가진 덕이라고 찬사를 아끼지 않는다. 계수 씨에게 잘못 하기만 한다면 그때는 동생이고 무엇이고 그냥 두지는 않겠다고 호통을 치련다. 외수는 여름부터 나보고 춘천에 자꾸만 내려오라고 하였지만 금년같이 찌는 무더위에 어디를 간다는 것은 생각만해도 지긋지긋 했었다. 그래서 엄두도 못내고 말았다. 이제 더위도 가시고 나면 선선해질 테지. 그러면 나도 오랜만에 나들이를 할까 생각 중이다. 한을이 진을이와 함께 며칠 지내고 싶다. 아이가 없는 우리부부는 아이들만 보면 죽고 못 사는 버릇이 있다. 단 며칠 동안이라도 함께 한다면 얼마나 즐겁겠는가.

계수 씨한테 매달 백만 원씩 주겠다는 약속을 지키지 못했지만 그것은 내가 돈을 벌지 못한 죄이니, 안 준 것이 아니고 못 준 것이니까 이해해 달라면 계수 씨도 그러라고 하지 않겠는가.

언젠가는 그런 때가 있지 않을까라고 기대를 해 본다.

외수야! 계수 씨께 돈 백만 원씩을 벌어줄 때까지 나를 지켜보지 않겠느냐? 그 날을 보려면 백 살까지 살아야 되지 않을까라는 생각을 하면서 나는 살련다. 우리는 형제가 아니냐? 계수 씨도 기대하십시오. 하나님께서 꼭 지켜주실테니까요.

내가 사는 이런 곳

내가 사는 곳은 수락산 밑이다. 주소를 따지면 의정부시 장암동 384 번지이다.

처음에는 노원구 상계동에 살았었으나 의정부로 이사온 지 6년째이다. 의정부시라고 해봐야 약 2 백미터밖에 안 된다. 그러니까 의정부시이지만 서울 특별시나 마찬가지다.

교통 수단으로는 우리동네에서 새마을버스를 타고 서울 상계동에 가서 다시 20번 버스를 타고, 아내가 경영하는 '귀천(歸天)' 카페까지 간다.

그러니까 내가 낮에 지내는 곳은 서울특별시 인사동과 관훈동이 맞붙는 곳의 '귀천' 카페이다.

수락산이 동쪽에 우뚝 서 있고 서쪽으로는 도봉산이 바라보인다.

비가 아무리 와도 물 걱정 없는 우리집은 깨끗한 지하수를 쓰고 있다. 뜰에는 산록이 우거져 참으로 좋은 경치다.

낮에 '귀천' 카페에 앉아 있으면 옛 친구도, 지금 친구도 만나고 참으로 좋다. 예술가들도 많이 오고 신문사, 잡지사 기자들도 많이 온다.

'귀천'의 매상은 하루 평균 5만원이다. 좌석이 열다섯 개밖에 없는데 비하면 많은 수입이다.

우리집에는 전화가 있는데 의정부시 873의 5661이다. 가끔 전화 좀 해 줬으면 좋겠다.

위치는 노원교 가는 택시를 잡아타고 도봉산 있는 데서 상계동으로 가는 길로 접어들어 파출소 앞(막다른 곳)에서 왼쪽으로 꺽어져서 한참 가면 군인들이 있는 곳에 이르고 살짝 가면 동네가 있다. 그 동네 옆길로 걸어서, 동네가 끝나는 데까지 걸으면 한 채밖에 집이 없다. 그 집이 바로 우리집인 것이다.

여러분들, 특히나 문학을 좋아하는 분들께서는 서슴 없이 놀러와 주시오.

나는 직업이 없으니까 매일같이 하도 심심하오. 여러분들 되도록 많이 만납시다.

많이 기다리고 있겠소. 언제든지 와도 좋으니까요.

일곱 살짜리 별명

나는 금년 1월 29일 회갑을 지냈다.

아내와 남들이 나를 보고 일곱 살짜리라고 별명을 붙여 놀리곤 한다. 거기에는 나도 반박을 하거나 변명을 못할 몇 가지 이유가 있기에 어쩔도리가 없는 것이다.

한 예를 들자면 나는 남성보다는 여성을 더 좋아한다. 좋아한다는 것은 내 자유이기 때문이다. 왜냐하면 남자보다는 여자가 더 매력이 있으니까 말이다. 나는 길을 가다가도 예쁜 여자를 만나면 가던 길을 멈추고 바라본다. 그러다가 내 곁을 지나치면 돌아서서 한참 또 본다. 그러다가 나는 내가 오던 길을 향해 걸어온다.

차 안에서도 마찬가지다. 올라오는 여인을 보고 앉을 때까지 눈길을 모으고 바라본다. 가끔 아내와 동행을 할 때도 마찬가지다. 앞에서 예쁜 여인이 걸어오면 어김없이 바라보게 된다. 그럴 때면 아내는 먼저 눈치를 채고 웃으며 "또 마음의 애인을 정하셨어요?"라고 내게 묻는다. 나는 그럴 때마다 "그렇지!"라고 대답을 한다. 나는 어쨌든 예쁜 여인을 만나면 괜히 마음이 즐겁고 기분이 좋아진다. 얼굴이 예쁘거나 다리가 예쁘거나 손이 예쁘거나 마찬가지다. 예쁜 여인들을 보고 나면 저절로 콧노래가 나온다.

그러면 나는 신이나 '마음의 애인이 또 생겼구나' 하고 마음속에 간직한다. 내가 좋아하면 되기 때문이다.

나는 요즈음 한쪽 다리의 관절 때문에 걷는데 다소 불편을 느끼곤 한다. 그렇기 때문에 일 주일에 삼사 일은 시내로 나오게 된다. 시내라고 하지만 다름아닌 아내가 경영하는 '귀천' 카페인 것이다. 그 곳에 나오면 나는 두어 시간 머물다 집으로 돌아간다. 거기 앉아있으면 나는 행복해지기 때문이다. 왜냐하면 첫째는 아내의 얼굴을 볼 수 있어 좋고 또 다정한 내 친구들이 찾아와 주어서 좋고 나를 찾아주는 독자나 나를 반기는 손님들이 있어서 나는 그저 기분이 좋은 것이다.

그러다 친구들에게 세금을 뜯을 때도 있다. 천 원 이천 원, 돈이 많은 친구에게는 오천 원이 될 수도 있다. 그 돈을 내가 좋아하는 맥주 한 잔과 아이스크림을 사 먹는다. 물론 아내가 하루에 용돈을 이천 원을 주고 있지만 친구들이 내가 세금을 달라고 하지 않으면 심심할테니까 말이다.

그리고 남은 돈은 꼭꼭 내 예금 통장으로 들어간다. 남들이 내가 예금통장이 있다고 하면 웃는다. "야! 예금 통장이 다 있다고?"라고 한다. 그 예금 통장은 아내가 만들어 놓은 것이다. 하루에 이천 원씩을 내 이름으로 해 놓았던 것이다. 그러다 얼마 후 내게 원고료가 생기면 그 통장에다 넣곤 했던 것이 내가 알게된 후 나는 남은 돈을 아내에게 맡기고 예금을 하라고 주곤 했던 것이다. 그 예금을 하는 데는 여러가지 계획이 있다. 이 또한 무슨 뚱딴지 같은 천상병의 짓이냐고 하겠지만 나

22

도 돈에 대한 가치를 조금은 알아야 되겠다는 굳은 결심에서 비롯된 것이다. 왜냐하면 나는 그 돈이 모아지면 꼭 필요하게 쓸 데가 있다. 첫째는 나를 그렇게 사랑해 주시는 장모님이 81세나 되셨으니 돌아가실 것은 사실이니 돌아가시면 사위로서 장례비에 조금은 보태야 되지 않을까라는 생각에서다. 그리고 나를 돌봐주는 처조카딸인 영진이에게도 결혼 비용으로 조금은 돕겠다고 약속을 했고, 또 내가 어디를 가든 언제나 따라와주는 노광래가 장가를 가면 오십만 원을 주기로 약속했다(단 금년내로 간다면). 그러니 내가 어찌 걱정이 안 되겠는가. 예금 통장이 많이 불어나도록 나는 하나님께 빌고 또 빌고 있으니 들어주시리라 믿는다.

그리고 또 한가지는 동네 아이들이나 '귀천'(아내의 카페)에 오는 어린이 모두가 내 친구들이다. 그 어린애들을 보면 그들과 어울려 놀고 싶어 진다. 백 원짜리 동전 하나를 들고 "할아버지한테 와, 할아버지한테 와"라고 고함을 치면 그들은 금방 나한테로 좇아와 장난을 청하고 놀아준다. 나는 방금 하늘에서 갓 내려온 천사 같은 아이들과 놀게 된다.

내 어찌 기분이 좋지 않으리오. 나는 어린애가 없으니 온 세상 어린이들이 다 귀엽고 천사 같다. 이것 또한 일곱 살짜리가 아니고 무엇이란 말인가.

끝으로 한가지를 또 말해야겠다. 나는 어릴 적부터 하도 게을러서 몸을 씻거나 머리를 깎는 것을 귀찮아했었다. 결혼을 하고도 그 버릇을 버리지 못했다. 그래서 아내에게 늘 잔소리를 듣지만 모른 체 아무 대꾸도 하지 않는다. 그러니 답답한 것은 아내일 뿐이다. 그러니 아내가 가만히 있을 수 없지 않은가. 아내는 세숫대야에 물을 담아와서는 내 발을 걸어놓고 씻어댄다. 얼굴도 닦아주고 머리도 감겨준다. 어쩌다 마음에 내키면 "내가 머리도 못감는 줄 알아"라고 하면서 감을 때도 있지만, 그것은 가끔이고 아내의 강요에 못 이겨 엎드려 하라는 대로 가만히 있을 수밖에 없다. 일주일에 한번은 고역을 치뤄야만 한다. 수염도 내가 깎으면 턱에 상처투성이를 만드니 아예 아내가 누워있으라고 하고는 깨끗이 깎아준다. 고맙기도 하고 조금은 미안한 마음도 들지만 게으른 내 버릇을 어찌하리. 장모님은 내 꼴을 모실 때마다 혀를 차신다. 어쩌다 저런 사위를 보았느냐는 듯이 나를 보신다. 그러면 나는 먼저 껄껄 웃어 보인다. 그러면 장모님도 할 수 없이 웃으신다. 그러시고는 "마누라가 없었다면 어찌 되었을꼬"하신다.

그렇다. 아내가 없었다면 나는 벌써 죽었으리라. 몇 번이나 죽음을 당했는데 나 혼자였다면 어떻게 살았더란 말인가. 고마운 아내라고 속으로는 생각하지만 나는 이내를 볼 때마다 "문둥아, 문둥아"라고 말한다. 그것도 아내가 보여지 않아도 마찬가지다. 그 '문둥아'를 찾지 않으면 도무지 기운이 나지 않으니까 아내가 내 곁에 없어도 나는 '문둥아' 소리를 수백 번 되풀이하고 지낸다. 나에게는 '문둥아'라는 말이 사랑한다는 호칭이니 뭐가 나쁘단 말인가.

어쨌든 내가 가만히 생각해보아도 일곱 살짜리 별명은 뗄래야 뗄 수 없는 내 별명임을 시인할 수밖에 없다. 그래서 나는 죽을 때까지 이 별명을 갖고 살아갈 수밖에 없는 게 내 운명이라고 생각하게 되었다.

그러나 나는 이 세상에서 가장 행복한 사람이란 것 알아주시오. 하루에 맥주 한잔을 마시고 기분이 좋아지면 마음속에 담아둔 마음의 애인들을 생각하고 어린 아이들을 생각하면서 콧노래를 부른다면 이 세상에 무엇이 부러우리요. 날마다 아내가 용돈을 어김없이 줄테니 예금 통장은 한 푼이라도 불어날 것이고 이보다 더 큰 행복이 어디에 있으리오.

나는 '일곱 살짜리 어린이'라는 별명을 왜 마다하리오.

들꽃처럼 산 '이순(耳順)의 어린왕자'

내가 왜 일본에서 태어났는가 하면 천석꾼의 아버지가 일본인의 사기에 휘말려 재산을 다 날리고 일본에 건너가 살았기 때문이다.

일본에서 중학교 2학년 때 해방을 맞았다. 우리 식구는 곧 귀환해 마산에 정착했다.

마산 중학교에 다니던 어느 날 뒷산에 올라갔다가 사람들이 무덤 앞에서 우는 모습을 보았다. 그때 나는 '사람은 죽게 마련이구나'라는 생각에 사로잡혔다. 그래서 덧없는 인생을 그린 '강물'이라는 시를 썼다. 나중에 이 시를 본 국어 교사였던 김춘수(金春洙) 시인이 감성의 뿌리가 살아있다고 칭찬해 주었다.

중학교 6학년(지금의 고교 3년)이 되자 어느 대학을 갈까 망설였다. 적성에 맞는 문과를 택할까, 아니면 다른 학과를 택할까 고심하다 모든 학과를 종이쪽지에 써서 멀리 날아간 것을 택하기로 했다. 그렇게 선택된 것이 서울대 상대였다.

상대에 입학했지만 학과 공부보다 문인들과 어울리며 지내는 것이 일과였다. 청춘과 음악과 예술을 함께 논하였다. 음악감상실인 르네상스나 돌체가 우리의 주된 본거지였다. 브람스 교향곡 4번을 들으며 많이 울기도 했다. 6·25를 전후하여 가난한 속에서 만났던 친구들. 그때의 다방과 술집에는 인정이 넘쳐흘렀다. 전후의 피폐상이 참담했으나 문학 동인지를 만들기위해 떠들고 또 돈 문제로 허덕일 때면 다방과 술집은 사무실도 되고 더러는 재정 후원자도 돼 주었다. 그때 모였던 음악인, 화가는 모두가 한가족이었다.

지금의 세대는 상상할 수 없으리라. 형편없이 가난했지만 우정과 인정이 흐르던 시대였다. 그 중 몇몇 친구들은 저세상에서 산다. 모상원, 박봉우, 하인두, 더욱이 하나밖에 없는 친구이자 처남인 목순복이도 갔다.

지금의 아내와 결혼한 것도 처남 덕이었다. 30여년 전 그는 하나밖에 없는 동생이라며 우리에게 인사를 시켜주었는데 그 날로 목순옥이는 여러 친구들의 공동의 동생이 되었다. 내가 입원할 때마다 와서 헌신적으로 간호해주었고 그 인연으로 우리는 나중에 부부가 되었다.

대학 4학년 1학기의 어느 날이었다. 권오복 학장이 "상과대학 5등 안의 학생은 한국은행에 공짜로 들어가게 되어 있다"며 내가 5등 안의 성적이라고 암시해 주었다.

그렇지만 나는 당시의 문예지인 「문예」에 유치환 선생님의 추천으로 시가 발표되고 52년에 추천이 완료되었기 때문에 정식으로 시인이 되어있었다. 그래서 월급쟁이에는 아무 욕심이 없고 학교 다니기도 싫어, 4학년 2학기는 사람들이 생각하면 이상하다고 하겠지만 나로서는 시인 이상의 욕심이 없었기 때문에 잘한 일이라고 생각한다.

지금 내 나이는 육십 하나, 환갑을 넘겼다. 내 환갑 잔치에는 구상 선생님, 김구룡 선생님이 오셔서 축하해 주었다.

돌이켜보면 나는 정말 평탄한 놈은 아니었다. 67년 7월 동백림 사건에 연루되어 내 인생은 사실상 끝났던 것이다. 그때 정보부에서는 나를 세 번씩이나 전기 고문을 하며 베를린 유학생 친구와의 관계를 자백하라고 했다. 죄없는 나는 몇 차례고 까무러쳤을 망정 끝내 살아났다.

지금의 내 다리는 비틀거리며 걸어다니지만 진실과 허위 중에서 어느 것이 강자인가 나는 알고 있다. 남들은 내 몸이 술때문이라고 하지만 결코 술탓만은 아니라는 것, 나만은 알고 있다. 나는 몇 번의 찢어지는 고통도 이겨냈다. 지금도 그때를 생각하면 몸서리쳐진다. 고문을 한 놈을 찾아 죽이고 싶은 심정일 때도 있었다. 그러나 나는 이겼으니 이것으로 만족한다.

6개월간 정보부에 갇혀 있다 풀려난 나는 고문의 휴유증과 극도의 영양실조로 거리에 쓰러졌다. 친구들의 도움으로 남부 시립병원으로 옮겨졌는데 이때 목순옥이 밤낮없이 간호해줬다.

71년에도 정신황폐증에다 영양실조로 쓰러져 서울 시립 정신병원에 입원했을 때도 간호가 극진했다. 이런 고마운 사람과 43세때인 72년 5월 결혼했다.

나는 마누라도 좋지만 술도 멀리할 수 없어 한동안 매일 막걸리 두 되로 세 끼 식사를 대신했다. 아침에 두 잔, 낮에 두세 잔, 저녁에 또 두

세 잔. 그러다가 88년 간경화증이란 사형선고를 받았다. 춘천의료원에
입원했는데 만삭의 임산부같이 배가 불러 1주일밖에 못 산다고 했다.
그런데 또 다시 살아났다. 거기에는 친구인 정원식 내과 과장의 힘과
장모님, 아내의 보살핌이 컸다. 그래서 나는 행복한 사람이라고 속으로
감사하며 '행복'이란 시를 썼다.

　　　나는 세계에서
　　　제일 행복한 사나이다.
　　　아내가 찻집을 경영해서
　　　생활의 걱정이 없고
　　　대학을 다녔으니
　　　배움의 부족도 없고
　　　시인이니
　　　명예욕도 충분하고
　　　이쁜 아내니
　　　여자 생각도 없고
　　　아이가 없으니
　　　뒤를 걱정할 필요도 없고
　　　집도 있으니

얼마나 편안한가
막걸리를 좋아하는데
아내가 다 사주니
무슨 불평이 있겠는가.

　재작년부터 나는 아내에게서 매일 2천원씩 용돈을 타 쓴다. 이것으로 매일 수퍼에서 맥주 한병, 아이스크림 하나를 사 먹고 토큰 서너 개와 담배를 산다. 그러고도 어떤 때는 돈이 남아 저축도 하는데 지금은 통장에 1백만 원 가까이 들어 있다.

　이 돈으로 장모님 장례비 30만원 정도를 떼어낼 요량이고 나를 따라다니는 문학 청년 노광래 결혼식 비용으로 50만원을 쓸 생각이다. 나머지는 막내조카딸 결혼 선물을 사 주리라. 돈을 쓰면 계속 저축을 할 것이다. 10년 후에는 아내가 찻집을 그만두게 되니까 내가 저축한 돈으로 살아야 하지 않겠는가. 그리고 하루에 맥주 두 잔 이상은 마시지 않겠다. 간경화 치료를 받고 난 후 아내는 하루 주량을 맥주 두 잔으로 '언도'했는데 나는 이것을 한번도 위반한 적이 없다. 그리고 열심히 시를 쓸 것이다. 천상(天上)의 친구들을 만날 때까지.

「귀천」의 천상병

천상병은 천상 시인이다. 그래서 그는 남들처럼 승천(昇天)을 위해 애쓰지 않고 귀천(歸天)을 한다. 천 시인의 '하늘로 돌아가는 길목'은 서울 인사동의 해정병원 맞은편 좁은 골목 안에 있다. 이 골목 한쪽에는 천씨의 아내이자 하늘길을 간수하는 '천사'인 목순옥 씨가 조그만 찻집을 열고 있다.

> '내가 좋아하는 여자의 으뜸은 물론이지만 아내이외 일
> 수는 없습니다'
>
> - 내가 좋아하는 女子' 중에서

71년 행려병자로 서울 시립 정신병원에서 다 죽어가던 그를 살려낸 이는 지금의 아내였다. 그렇지만 목씨는 여간 남편을 어려워하지 않는다. "요즈음은 매일 담배 한 갑과 함께 이천 원을 선생님께 챙겨드리지요. 선생님은 그 돈으로 캔맥주를 사 드시거나 모아뒀다 조카들이 오면 불러서 나눠주시지요."

천씨는 1930년 일본에서 태어나 중학 2 학년 때 해방을 맞아 지금의 의창군 진동으로 돌아왔다. 마산 중학교 5 학년 때 그는 '강물'을 써서 「문예」지에 추천을 받았다. 서울대 상과대 재학 중에는 '나는 거부하고

저항할 것이다'는 평론도 썼다.

'할머니 한잔 더 주세요 / 몽롱하다는 것은 장엄하다'

-시 '주막에서' 중

술에 얽힌 천씨의 기행은 수없이 많다. 그는 술 때문에 88년, 또 죽을 고비를 맞았으나 기적적으로 넘겼다.

천씨는 아기들을 좋아하는 사람이다. 그는 자식이 없어 외로운 시인이다. 그렇지만 그는 일찌감치 유고시집 「새」를 내놓고 세상을 가장 여유있게 살고 있는 시인이다. 그가 하루 한 차례씩 들르는 인사동의 찻집에는 이런 싯구가 걸려있다.

나 하늘로 돌아가리라.
아름다운 이 세상 소풍 끝내는 날,
가서, 아름다웠더라고 말하리라……

푸른 바다가 보이는 진동

나는 며칠 전에 고향 마산에 내려갔었다. 정확히 말하면 의창군 진동면이 내 어릴적 고향이다. 하지만 마산도 내가 중학교(그 당시는 중학교 육년제)를 다닐 때 살았으니 내 고향이나 다를 게 없다.

실로 몇십 년 만에 찾아간 고향이었지만 워낙 바쁜 일정이었기에 돌아와 생각하니 그냥 스쳐만 온 것이 아쉽고 후회도 된다. 좀 더 오래 머물다 올 걸 하는 마음에 뒤늦게 섭섭하기도 하다.

내 어릴적 고향 진동은 할아버지와 아버지 그리고 외가도 가까이서 살았던 곳이다. 할아버지가 그 곳에 살아 계실 때는 천석까지 하셨다, 꽤나 많은 그 재산을 탕진하고 일본으로 가셨다가 그 곳에서 나를 낳으셨다. 그래서 내 출생지는 일본 히로(姬路) 시 히메이지다. 그 후는 네 살 때 한국으로 나와 어린 시절을 진동에서 살았다. 하지만 나는 내 고향을 진동면이라고 말한다. 어린 시절에 나는 무척 귀여움을 받고 자랐다. 위로 형님이 계셨는데도 아버지나 어머니는 나를 무척 귀여워하셨다. 더구나 외할머니까지도 나를 귀여워하여 이모님과 같이 외가에서 살다시피 했었다. 어린 시절 초등학교 이학년까지 살던 고향 진동의 기억은 지금도 생생하다. 뒤에는 산이 푸르고 앞에는 푸른 바다가 보이는 그런 곳이었다. 멀리 바라다 보이는 바닷가에 할머님의 손을 잡고 가

조개를 캐던 기억도 생생하다.

나는 어릴적부터 몸이 약하여 늘 부모님의 가슴에 안타까움을 안겨주곤 했었다. 어릴적 별명은 머리만 크고 이마가 나왔다 하여 '이마쟁이(이마가 나왔다고 사투리로 쓰는 말)'였다. 몸은 늘 약했다고 한다. 그런 까닭에 외할머니는 나를 더 애지중지하신 것 같다. 그래서 늘 내 손을 잡고 자주 바닷가를 거닐며 조개를 주워주시곤 하지 않았나 싶다. 아들이 없는 외할머니는 맏딸인 우리 어머니를 아들같이 사랑했다. 나는 그런 딸의 아들이기에 더욱 귀여워하지 않았나 생각이 되기도 한다. 아무튼 나를 외할머니나 이모들이 애지중지 사랑해 주셨던 기억이 가끔 떠오를 때가 있다. 돌아가신 지 수십 년이 지났건만 인자하셨던 그 모습이 지금도 내 가슴에 와닿곤 한다.

또 한가지 기억에 남는 일이 있다. 내가 일곱 살때가 아닌가 싶은데 동네 형님과 내 형님이 산에 나무하러 간다고 하기에 어린 내가 그냥 졸졸 따라나선 적이 있다. 얼마를 걸어서 산을 올라갔다. 나무를 다 해서 동네 형님과 친형이 내려오는 길을 어린 내가 뒤따랐다.

그런데 그만 나는 발을 헛디뎌 굴러떨어지고 말았다. 순간적인 일이었기 때문에 나는 죽었구나 하는 생각 뿐이었는데 나뭇가지에 내 몸이 내동댕이 매달려 살아났다. 그래서 나는 그 일을 하나님이 나를 살려주신 첫기적이라고 말을 할 만큼 그 날은 운좋은 날이었다고 생각한다.

지금도 그때를 생각하면 소름이 끼친다. 그후 나는 형님이 산에 가자고
해도 가지 않았다. 그만큼 나는 겁쟁이었다.

김춘수 선생과 나

   그후 나는 다시 일본으로 갔다가 중학교 이학년 때 마산 오동동으로
돌아와서 살았다. 마산 중학교 이학년에 편입한 나는 학교 교정에서 내
려 다보이는 바다를 바라보면서 많은 것을 배웠다. 내가 시를 쓰게 된
동기도 산과 바다가 있는 그런 곳에 살았기 때문이다.
   운 좋게도 반에 있는 친구가 김춘수 선생님의 조카였다. 중학교 오학
년때 알게 된 그 친구를 통해 처음으로 나는 김춘수 선생 시집 「구름과
장미」의 저자라는 것을 알게 되었다. 선생님께 그 시집을 빌려서 읽었
다. 나는 그때 많은 감동을 받아 나도 시를 써야겠다고 마음을 굳혔다.
   그러던 시절, 어느 추석날 마을 뒷산에 올라가 멀리 바다를 바라보며
명상에 잠겨있는데 어디에서 우는 소리가 들려왔다. 소리나는 쪽을 향
해 바라보니 무덤이 몇 개 있는데 사람들이 절을 하면서 울고 있는 것
이었다. 그때 나는 죽음을 생각했고 무덤도 생각하며, 그 느낀 감정을
옮겼는데 그것이 첫 추천시 '강물'이었다.

강물이 모두 바다로 흐르는 그 까닭은
언덕에 서서
내가
온종일 울었다는 그 까닭만은 아니다

밤새
언덕에 서서
해바라기처럼 그리움에 피던
그 까닭만은 아니다

언덕에 서서
내가
짐승처럼 서러움에 울고 있는 그 까닭은
강물이 모두 바다로만 흐르는 그 까닭만은 아니다

　내가 이 시를 김춘수 선생님께 보여드렸더니 두고 가라고 하셨다. 그
때가 마산 중학교 오학년 때였다. 얼마 후 한반 친구가 하는 말이 "야!
상병아. 너하고 똑같은 이름이 책에 나와 있더라"라고 하여 서섬으로
달려가보았더니 얼마 전에 김춘수 선생님께 드린 바로 그 시가 아닌가.

하도 신기하여 다른 서점으로 또 달려가서 확인을 하였더니 똑같아서 그때야 "참말이구나!"하고 고함을 치며 기뻐했다.

그리고 '강물'을 유치환 선생님께서 추천해 주셨다는 것도 알았다. 지금도 나는 김춘수 선생님께서 유치환 선생님께 시를 드려서 추천이 된 것으로 알고 있다. 그런데 김춘수 선생님께서는 기억이 없으시다는 글을 몇 년 전에 어느 문예지에 발표하셨다. '강물'이 어느 분을 통해서 추천이 되었든 나는 행운을 잡았던 것이라고 생각한다.

장난처럼 택한 상과대 진학

이렇게 나는 중학교 오학년 때 이미 문인의 길로 들어섰기에 대학은 문과로 가지 않았다. 그래서 나는 대학 진학을 앞두고 어느 과를 선택해야할까 고심하게 되었다.

그러던 중 어느 선배가 하는 말이 자기도 고민을 하다가 이런 방법을 썼노라고 하기에 나도 그렇게 하는 수밖에 없구나 생각하고 종이에다가 학과를 쓴 다음 둘둘 말아서 던져 가장 멀리 가는 것을 집어 택하기로 했다. 그것이 바로 상과대학을 가게된 동기가 되었다.

지금 생각하면 어처구니 없는 행동이었지만 그래도 그 시절은 좋았다.

대학을 들어가서는 교지를 만들기도 했다. 전 부총리셨던 조 순 선생님
으로부터 좋은 격려와 말씀도 들었던 학교 생활이었다. 생활은 소설가
이신 한무숙 선생님의 댁에서 했다. 더욱이 한무숙 선생님의 남편인 김
진흥 선생님은 대학의 대선배이신 분이었기에 나를 사랑해 주셨다.

또한 그때 같이 학교를 다녔던 한자매였기 때문에 나로 인해 속을 많
이 썩었으리라. 그리고 한말숙 씨와 같은 언어학과에 다니던 변인호 씨
를 무척 좋아했다. 그때 난 상대에서 문리대로 강의를 들으러 갈 만큼
그녀를 보는 데 열심이었다. 아마 그때 나는 짝사랑을 하고 있지 않았
나 생각된다.

53년 나는 '갈매기'로 모윤숙 선생님의 추천을 받아 추천이 완료되었
다. 그해 평론도 추천을 받았다(조연현 선생님 추천).

그때는 6·25로 정말 암담한 시기였지만 나는 문학을 논하고 예술을
사랑한다며 무서울 것 없이 날뛰었다. 폐허가 된 서울 명동 거리를 누
비고 다녔다. 돌체, 르네상스, 갈채, 은성, 쌍과부집에서 나는 예술인들과
만나 울분을 토하고 열심히 책도 읽고 편하기도 했었다.

그러던 시절은 이제 흘러갔다. 무엇을 했는지. 고향도 잃어버린 수십
년의 세월, 돌이켜보면 참으로 많은 세월이 지났다. 나는 그 이후로 동
창들도 만나지 못하고 싶었다. 내 생활이 다르고 그들의 생활이 달랐
기에.

가끔 생각하는 친구가 몇몇 있지만 나와는 다른 바쁜 생활이니 가끔 가슴에 와 닿을 뿐 선뜻 그 친구들을 찾아가지는 못한다. 워낙 나는 게을렀고, 그들은 바빴을테니 선뜻 나서지 못했으리라. 가끔 신문을 통해 모두 잘 되어 있다는 소식을 듣는다. 그때 나는 그들의 행운을 빌며 미소를 지을 수밖에. 친구가 잘 되면 나는 행복하니까.

나는 며칠 전에 다녀온 고향을 꿈속에서 헤매는 마음으로 생각한다. 72년에 지금의 아내와 결혼하여 부산에 있는 가족과 잠깐 진동 대티마을 산소에 다녀온 후 십팔 년만에 다시 찾았던 산소. 내 나이 61세. 환갑을 몇 달 전에 지냈어도 나는 아직도 여섯 살짜리(아내의 말)밖에 되지 못한 못난 사람이다. 고향을 버린 것도 아니고 부모님을 잊은 것도 아닌데 고향 산소를 이십 년 가까이 찾아보지 못한 불효자이니 여섯 살 짜리라는 말을 들어도 할 말이 없다.

변하지 않은 것은 모교뿐

가기 전에 고향은 많이 변했으리라 생각했지만 고향 뒷산은 그대로였다. 다만 마산에서 진동으로 넘어가는 도로가 넓게 포장된 것 외에는. 마침 진달래가 온통 울긋불긋 피어 있기에 오랜 추억이 되살아났었다.

그때 그 시절을 돌이켜보니 '험한 길을 잘도 다녔구나' 하는 생각이 든다.

역시 고향은 평화롭고 포근함이 함께하는 곳이란 것을 알았다. 하지만 외할머니와 손잡고 다니던 바다는 찾아 볼 수 없었고, 마을은 변하여 외갓집을 찾지 못하고 말았다. 겨우 어림잡아 한 장의 기념사진만 찍을 수 밖에 없었다.

마산의 오동동도 마찬 가지였다. 살던 집은 간 곳이 없었다. 상가로 변해버린 그 곳에는 옛 기억만 있을 뿐 무엇이 있겠는가. 변하지 않은 것은 내 모교 마산 중학(마산 고등학교)뿐이었다. 높은 곳에 자리잡아 전망이 좋은 모교. 그 곳에 다시 가보니 역시 바다가 바라보이는 좋은 곳이었다.

내가 다닌 모교가 자랑스럽기까지 했다. 정치인 언론인 예술인 문인 등 많은 일꾼을 배출한 나의 모교. 내가 시를 쓰고 사춘기를 보낸 나의 자랑스러운 모교 앞에서 나는 사진 한 장으로 내 마음속의 모든 것을 담고 교무실에도 들어가지 못한 채 시간에 쫓겨 돌아서 내려왔다. 언제 한번 다시 찾을지, 그렇게라도 갔다오니 조금은 위안이 되는 것 같다. 나도 모르겠다.

이렇게 니는 무심히 고향을 생각하면시도 행동으로 실천하지 못하는 사람이다. 부모를 생각하면서도 나처럼 몇십 년을 산소 한번 찾아가지

40

않는 불효가 어디 있단 말인가. 부모님께 깊이 머리숙여 빌 수밖에. '용서해 주십시오'라고밖에 할 말이 뭐 있겠는가.

우리는 예부터 예의바른 동양의 자손, 오천 년의 역사를 가진 나라라고 자랑하며 살아왔다. 그런데 과연 지금의 기성 세대에나 젊은 세대가 얼마만큼 예절바른 생활을 하고 있는가 의심 해본다. 부모를 잘 모시는 자식이 얼마나 되며 부모의 말씀을 존중하는 자식이 과연 얼마나 될까?

나는 가끔 생각한다. 과연 예절바른 아들딸은 얼마나 될까. 또한 부모는 자식에게 얼마나 모범이 되는 자리에 서 있을까라고. 서양 문명이 들어와 21세기라고 부르짖는 세상에 지금의 문명이 과연 좋은 문명이라고 할 수 있을까하고.

가끔 부모와 자식 간의 갈등 때문에 목숨을 끊었다는 기사를 대하게 될 때마다 나는 믿어지지가 않는다. 왜 그랬을까. 부모와 자식인데 왜 서로 사랑하지 못했을까. 나는 안타까워 했었다. 자식과 부모가 서로 사랑하고 이해하지 못한다면 우리는 큰 실수를 범하고 있는 것이 아닐까.

서로가 사랑하는 세상

　한 가정이 화합하지 못하면 이웃이 화합하지 못하고, 이웃도 화합하지 못한다면 나아가 더 큰 불행이 온다는 것을 왜 모른단 말인가. 남이 나를 사랑하기 전에 내가 남을 먼저 사랑한다면 무슨 불평이 온단 말인가. 그러니 한 가정에서부터 부모를 존중하고 사랑하며 모시면 부모 또한 자식을 어찌 사랑하지 않을까. 그러면 이웃도 사랑하게 될 것이며 이웃이 화합하면 우리 모두의 마음 또한 사랑으로 모든 것을 이해하게 되며 화해가 되어 우리는 머지 않아 통일도 될 것이다. 그러면 지역이 어쩌고 하여 몇 사람의 정치인으로 인해 지역감정을 초래하는 그런 모순은 없지 않을까?

　욕심을 버리고 이해하며 사노라면 첫째 내 마음에 평화가 오고 복 받는게 아닐는지. 모두가 부모를 생각하듯 고향을 아끼고 사랑하면 정말 우리 나라의 역사를 자랑스럽게 이야기 할 수도 있을 것이며 예의 바른 한국의 국민임을 떳떳하게 말할 수 있지 않을까.

　육십이 넘은 지금에야 조금은 철이 날 수 있으니 이것만이라도 다행이 아닐는지.

　내 육십 년을 돌이켜보면 나도 빌나게 제멋대로 인생을 살아왔다. 이십대에 문인이 되어 음악을 논하고 문학을 논하며 많은 술도 마셨다.

그로 인하여 몇 번의 병원 신세도 졌다.

그리고 다정한 친구로 인해 동백림 사건에 걸려들어 심한 전기고문을 세 번 받았고, 그로 인해 정신병원에도 갔고, 아이를 낳지 못하는 몸이 되었지만 나는 지금의 좋은 아내를 얻었다.

고문을 받았지만 진실과 고통은 어느 쪽이 강자인가를 나타내주었기 때문에 나는 진실 앞에 당당히 설 수 있었던 것이다. 남들은 내가 술로 인해 몸이 망가졌다고 말하지만 잘 모르는 사람들의 추측일 뿐이다. 내가 71년 길에 쓰러져 정신병원으로 가기 전 일 년 가깝게 심하게 앓아 누워 사경을 헤매였던 일. 나로서는 몇 번의 아픔을 당했었다. 정신병원에 육개월 잠적해 있었을 때 많은 친구들이 내가 죽었다고 하여 안타까워 하고 아쉬워하며 원고를 모아 유고시집 「새」가 나왔던 일. 살아 있으면서 유고시집을 만든 이변을 남겼고, 그로 인해 남들이 말하듯 천사같은 지금의 아내를 만나 19년을 편안하게 살 수 있었다.

지금의 아내가 없었다면 나는 20년의 생명을 이어올 수가 없었다고 생각한다. 무던히도 고생을 시켰다. 말로는 늘 "문둥아 문둥아"하지만 속으로는 미안하고 감사하다는 생각으로 살아간다는 게 솔직한 심정이다.

고마운 아내

더욱이 88년에는 간경화증으로 일주일밖에 못 산다는 나를 춘천까지 데려가 입원을 시켜놓고 하루도 빠지지 않고 오르내리며 간호를 해주었던 고마움을 내가 어떻게 표현할 수 있겠는가. 아내 자랑하는 놈을 팔불출이라 하지만 나는 그런 팔불출이 된다고 하여도 아내자랑은 해야겠다고 생각한다.

춘천의료원 원장 정원석 박사도 대학교 때 친구였다. 그 친구가 아니었다면 내 어찌 살아났으랴. 입원비까지 그 친구의 월급에서 내게 했으니 친구 중의 친구이며 고마운 친구다.

나는 운좋게도 몇 번의 병원 생활을 하면서 김종해 박사(작고), 정원석 박사, 이렇게 좋은 박사의 빽으로 다시 살아났다. 춘천의료원 내과 과장님과 내과에서 근무하신 젊은 의사 선생님, 내 대변 소변을 다 받아주며 간호한 광래, 영민, 영진이 참으로 고마운 아이들이다. 그리고 카페 「귀천」을 지켜준 혜림이, 주일이면 찾아온 친구들, 젊은 아가씨들에게 진 은혜를 지면으로나마 보답하는 마음을 전할 수밖에.

또한 나를 위해 「도적놈 셋이서」란 책을 펴내어 인지대를 아내에게 넘겨주고 오막살이라도 지으라고 승낙해 준 중광 스님과 이외수 동생, "계수 씨 가게를 하라"고 도와준 강태열 형. 나는 다 손꼽을 수 없을 만큼 많은 사람들의 은혜를 입은 그런 사람이다.

지난 1월 14일 나는 회갑을 맞았다. 내가 살아났다. 내가 살아났다 하여 젊은 친구들과 아내가 주관이 되어 잔치가 벌어졌었다. 그때 구상 선생님께서 바쁘신데도 찾아주셨고 김구룡 선생님께서도 불편하신데도 찾아주셔서 내 생에 가장 흐뭇한 생일잔치를 치뤘다.

구상 선생님께서 하시는 말씀이 "천상병 시인이 회갑을 맞았다니 생각도 못했던 일이며 더군다나 이렇게 많은 미인들이 팬이라니 부럽기까지 하다"며 농을 하셔서 그 자리를 더 화기있게 만들어주신 일에 얼마나 감사했는지 모른다.

내가 살아오는 동안 내 멋대로 버릇없이 살아온 탓으로 흔히들 나를 보고 '기인, 기인' 하는데 나는 도무지 내가 왜 기인인지 조차 모른다. 남들이 나를 기인이라니까 기인인가 할 뿐 나는 기인이 아닌 것이다. 다만 평범한 사람일 뿐이다.

올해에는 비교적 밖으로 많이 다녔다. 원주에도 두 번 갔다. 한번은 시낭송회 또 한번은 주례를 서 달라는 부탁을 받았다. 나는 주례만은 극구 거절을 했었다. 주례만은 자격이 없노라고, 주례는 아들딸 낳고 좋은 가정의 가장이라야 자격이 있는 거라고 했지만, 가만히 서 있기만 해도 좋다고 하기에 어쩔 수 없이 승낙을 했으니 결혼식이 얼마나 우스웠을까.

나는 기인인가?

또 멀리 김해 가야쇼핑에서 화랑 개관전으로 나의 시화전을 열어 주었기에 김해도 갈 수 있었고 금년에는 많은 여행을 할 수 있었다. 내 건강이 많이 나아진 탓이겠지만 일주일밖에 못 산다는 몸이 여러 사람의 정성으로 되살아 이렇게 살아가고 있다니 정말 기적만 같다.

내가 건강한 것이 여러분들게 보답하는 길이기에 그렇게 좋아하던 막걸리도 끊고 가끔 맥주 한 잔으로 목을 축이며 내 건강을 보살피는 어리석은 자가 되어 있다.

요즈음 나를 되돌아보면 나도 별수 없구나라는 생각이 든다. 남들이 술을 조금 마시라고 하면 괜찮다고 큰 소리치던 나였는데 며칠 전 최일순이 나를 보고 "선생님, 저 5월 13일날 결혼합니다. 주례도 서 주시고 제주도 신혼여행 가는데 사모님과 함께 선생님을 좋아하시는 선배님들 모두 모시고 우리 제주도로 함께 가요"라고 하지 않는가.

그래서 나는 "요놈아, 신혼여행 내가 가서 뭐할 거냐, 요놈아"라고 했더니 "선생님 꼭 같이 가 주시는게 소원입니다. 선생님은 제주도에도 못가셨잖아요"했다. 글쎄, 잘하면 나도 제주도에 신혼여행 아닌 여행이라도 갈 수 있을런지? 그러고 보면 실로 나는 남보다 특별한 삶을 살아온 놈인 것만은 사실이다. 그래서 기인이라고 하는 걸까?

울분을 토하다 미친 박봉우

박봉우 시인을 생각하며

지난 3월 2일 늦게야 집에 돌아온 아내로부터 나는 슬픈 소식을 들었다. 전주에 사는 박 시인이 오늘 저세상으로 갔다는 전갈이었다. 박봉우 시인 하면 40대 후반인 사람은 그를 모르는 사람이 거의 없었으리라. 적어도 문학에 뜻을 둔 사람들이라면.

그러니까 박봉우 시인은 1934년생이며 광주 일고를 졸업하고 전남대 문리과대학 정치외교학과를 졸업할때까지는 비교적 부유한 가정에서 자라지 않았나 생각이 든다. 그는 그의 시가 56년 조선일보 신춘문예에 '휴전선'이 당선되면서 시인 활동을 하게 되었다. 그후 62년에 현대문학 신인상을 타기까지 젊은 시절에는 패기와 의욕도 많았다고 본다. 내가 박봉우 시인을 알게된 것도 그 무렵이었으리라 생각된다.

그때만 해도 6·25를 겪은 전쟁후라 50년과 60년 폐허의 격동기에 한참 젊은 나이의 우리는 고통과 슬픔을 함께하며 시를 읽고 논하는 무서움 없는 젊음이었다.

명동 거리를 누비며 대포 한잔에 목을 축이며 삶의 의욕에 부풀어 있었다. 박 시인은 그 울분을 토하다 못해 정신병원을 오가며 무척이나 고생을 했다. 남보다 의욕과 패기와 울분이 많았던 친구인 그는 끝내 가슴에서 그것들을 토하곤 했었다. 그러나 그 패기와 용기도 어느 누가 받아들이지는 못했기에 병마에 시달리며 오랜 서울 생활에 지쳐 끝내 미쳐버리곤 했다. 그는 모든 생활이 남보다 별난 데가 많았다. 예를 들어 그의 결혼식 또한 거창했었기에 말이다. 그는 결혼식을 올리지 않고 살면서 큰딸 하나를 낳고 둘째 아들 나라를 낳고 결혼식을 했던 것이다. 그것도 파고다공원에서 한다고 하여 신문에 떠들썩하게끔 기사가 나왔던 일이 필자도 참석했기에 지금도 생생히 떠오른다.

그후 응암동에서 네 식구가 사글세 방에서 단란하게 보금자리를 마련하고 살면서 웃음을 잃지 않고 좋은 아빠가 되려고 노력도 했었던 모습이 떠오른다.

한방안이
점점 좁아지는구나
내가 밀려서 잠을 깨다 보면
요놈들은
키도 크고 넓어졌구나

쌀도 한 말이면
일 주일을 먹는데
요사이는 며칠 못 먹으니

아버지 경제는
찬바람이 불구나

    - '아버지의 경제' 일절

　　이토록 삶에 쓰라림을 겪으면서도 자식과 아내에게 대한 사랑은 지
극했다고 본다.
　　그 후 막내 겨레를 낳고, 시만 쓰고서는 밥을 먹지 못하는 현실 앞에
그의 괴로움은 점점 더해 갔으리라. 나는 박 시인보다 훨씬 늦게 72년
지금의 아내와 결혼을 했었다. 아내도 박 시인을 무척 좋아했고 그도
내 아내를 친구의 누이동생이니 동생같이 귀여워했던 사이였다. 그러니
우리부부는 박 시인을 더 좋아할 수 밖에 없었다.
　　그러던 어느날 아내와 내가 무교동을 지날 때였다. 한 오십 미터쯤
앞에서 지나는 사람들에게마다 손을 벌리며 무엇을 달라며 쫓아 따라
가는 사람을 보았다. 그 사람은 바로 박 시인이었다. 나보다 아내가 먼
저 그를 알아보았던 것이다. 아내가 깜짝 놀라며 가까이 가서 "박 선생
님!"하고 불렀다. 그때 그는 정색을 하며 "미스 목, 대한민국에서 가장
위대한 여성!"하면서 팔을 번쩍들어 보이는 것이 아닌가. 아내가 안타
까워 "집에까지 모셔다 드릴게요"라고 하였지만 그는 괜찮다며 대한민

49

국의 위대한 시인은 나와 천상병뿐이라며 얼굴에 땟물을 닦으며 "아폴로 다방(삼각동에 있던 음악감상실)에 가 있어. 나 동아일보사에 갔다가 곧 갈게"하면서 우리부부를 한사코 먼저 가라는 것이었다. 그때의 그 모습을 나는 지금도 잊을 수가 없다. 울분을 토하다 못해 미쳐 거리를 방황했던 불쌍한 친구를.

그 다음 날로 응암동 정신병원에서 몇 개월을 지내다 나와야 했던 친구. 나도 한때 쓰러져 정신병원에 가야했었다. 그와 나는 그런 놈들이었다. 그와 나는 고통과 슬픔을 남달리 맛보았던 불행했던 시절들을 많이 겪었다. 그 후 그는 서울이 싫어, 모든 사람들이 보기 싫어 결국 서울을 떠나고 말았다. 그는 떠나기에 앞서 이런 시를 남겼다.

> 긴 겨울 이야기는
> 끝나지 않았다.
> 모두 발버둥치는 벌판에
> 풀잎을 돋아나고 오직 자유만을 그리워했다.
> 꽃을 꺾으며
> 꽃송이를 꺾으며 덤벼드는
> 亂軍 앞에
> 이빨을 악물며 견디었다.

나는 떠나련다.
서울을 떠나련다.
고향을 가려고
농토를 찾으려고 가는 것은
아니겠지.
이 못된 손아귀에서
벗어나는 것만이
옥토를 지키는 것.

    - '서울 하야식' 일절

   그후 간혹 박 시인의 소식을 인편으로 들었다. 광주 고향에 있지 않고 전주 시립 도서관에 촉탁으로 취직을 해서 겨우 생활을 꾸려나간다는 것이었다. 그래도 조금은 안심이 되었다. 친구들의 주선으로 살아가고 있다니 반갑고 대견했었다.
   그러던 어느 날 그는 불쑥 서울에 나타났다. 세 아이를 앞세우고 의젓하게 안사동에 있는 아내의 찻집에….
   마침 나도 그때 시내를 나갔던 차에 십 년 만에 만났다. 그와 나는 부둥켜안고 울음을 터뜨렸다. "죽지 않고 살아있었구나"라고, 그때 그는 유방암으로 고생을 하던 아내를 저 세상으로 보내고 허탈과 슬픔에 잠겨 있었지만 아이들의 모습이 너무도 당당하여 부럽기까지 했었다. 대통령이 되면 나를 재무장관을 시켜준다고 농담을 하며 지붕이 떠나갈세라 웃었던 일이 엊그제 같았는데 죽었다니. 정말 믿어지지 않는다.

이 세상에서 가장 애국자인 한 시인이 이제 천국을 갔다. 많이도 울부짖고 토해내던 그 모습을 이제 어디에서 본단 말인가.

참으로 마음 한 구석이 슬픔으로 텅 비어있음을 나는 알았다.

술잔 속의 에세이

술이 없다면 무슨 재미로 사나

술에 대한 이야기를 해달라는 청탁을 받고 지나간 일들을 되돌아본다.

돌이켜보면 술로 인해 갖가지 많은 일들이 얽혀 그야말로 비극이 많았다. 술을 좋아하여 이미 여러 친구가 저세상으로 갔고 나이 육십이 된 내 주변의 친구들이 건강으로 인해 술도 못마시고 있다는 소식을 들을때마다 지난 날의 즐거웠던 날들이 새삼 그리워지는 것은 내 나이 육십이 되었다는 그 뜻만은 아닐게다.

돌이켜보면 우리는 6·25가 일어난 전쟁 중 어렵고 어두운 세상의 이십대의 나이였다.

문학을 한답시고 크게 고함치며 정의롭게 산다고 떠들며 지냈다. 피난온 친구들과 부산에서의 대학 생활, 학교를 서울로 옮겨 오면서 명동의 생활, 암울했던 전쟁 시기에 그래도 오가는 정이 넘치고 있었다. 판자집 대폿집에 앉으면 주머니를 털어 막걸리 한 대접을 한 모금씩 나누어 먹던 그 시절 우리는 행복했다.

술에 취하면 어느 친구의 집이든 찾아가 이불을 같이 덮고 자기도 했다. 한번은 자다가 얼마나 웃었는지 배가 아팠다. 왜 그렇게 웃었는가 하면 덮고 있던 이불을 뒤집어 쓰는 순간이었다. 이불 사이로 전등불이 다 비쳐오는 게 아닌가. 하도 험하게 몸부림을 치면서 잠들을 자니까

솜이 다 뭉쳤던 것이다. 군데군데 솜이 뭉쳐 있으니 그럴 수밖에. 어찌
나 웃었던지 두 사람이 껴안고 웃었다. 그 친구들과 만나면 지금도 그
때 이야길 하면서 함께 늙어가는 모습을 읽곤 한다.

한번은 이런 일도 있었다. 술이 취하여 친구와 함께(신혼 생활을 하
고 있을 때였다)단칸방을 침범했다. 자다가 잠을 깨어보니 친구는 정신
없이 곯아떨어져 있는데 깔고 있던 요가 축축하지 않는가. 놀라서 일어
났더니 이게 웬일인가? 두 사람 중 누가 쌌는지는 몰라도 분명히 세계
지도가 그려져 있으니.

당황하며 나왔던 일이 있었다.

어찌되었든 술에 취하여 이집 저집을 친구들과 많이도 어울렸었다.

어떤 모임에서의 일이었다. 지금은 돌아가신 평론가 조연현 선생님과
여러 문인들과의 회식이 있던 날 무엇때문이었는지는 도무지 알 수 없
는데 술에 취하여 조 선생님께 욕을 하며 덤볐다는 것이다. 나를 얼마
나 사랑하고 아껴주셨던 분인데, 이것이 모두 술로 인한 실수였던 것이
다.

또 한번은 소설가 한무숙 선생님 댁에서 내가 기거를 하고 있을 때였
다. 한 선생님께서 문학하는 청년들을 좋아하셔서 방 하나를 아예 제공
하셨던 무렵이었다. 어느 날 밤 잠은 안오고 낮에 한 선생님 안방 화장
대 위에 놓여 있던 양주병이 눈에 아롱거려 도무지 잠을 잘 수가 없었

다. 생각 끝에 살금살금 방문을 열고 들어갔다. 두 부부가 잠든 방을 살짝 들어가 손에 잡히는 양주병을 들고나와 단숨에 들이켰다. 그런데 이게 웬일이냐? 갑자기 속에서 향수 냄새가 코를 찌르며 속이 메스꺼워 견딜 수가 없게 되었다. 그 양주병이 향수병으로 둔갑을 했던 것이다.

한 선생님께서 그토록 아끼시던 향수를 이 무례한 술꾼이 마셨으니 한 선생님께서는 말씀도 못하시고 나는 며칠을 향수 냄새 때문에 곤욕을 치뤘다. 지금도 그때의 일을 이야기하면 친구들이 모두 웃곤 한다.

이제 내 나이 육십이다. 젊은 날에는 많은 술을 마셨다. 그것도 어떤 술이든 가리지 않고, 그로 인해 나는 작년에 팔 개월 동안의 투병 생활을 했었다.

여러분 이 세상에 술이 없다면 무슨 재미로 이 세상을 살아간단 말입니까?

생각만해도 아찔하지요? 그러니 내 말은 술은 마시되 조금씩만 마시고 즐겨 마시라는 것입니다. 나같은 어리석은 짓은 하지 말라는 것입니다. 술로 인해 몸이 망가지면 술은 못마십니다. 그러니 지금부터 조식하여 오래오래 술을 사랑하고 즐기려면 나같은 어리석은 짓은 하지 말라는 것입니다.

술이 없고 술을 못 마신다면 이 세상은 끝나는 것이니까요.

절간 이야기

 내가 초등학교 일 학년 때였습니다. 나는 어머니를 따라 마산, 뒷산 너머 있는 감천사로 갔습니다. 어머니는 착실한 불교 신자로서 일 년에 한번씩 감천사로 불공을 드리러 갔습니다.

 어머니를 따라 처음 따라간 나는 모든 게 신기로와서 대단히 기분이 좋았습니다. 어린 나였지만 말입니다. 감천사는 작은 절간으로서 주지 스님과 또 다른 스님과 동자가 지키고 있었습니다.

 감천사에서 하룻밤을 묵고 그 다음날 새벽에 엄마는 나를 데리고 샘터로 갔습니다. 어머니도 나도 홀딱 벗고 샘터에서 목욕을 했습니다. 한참 그러고 있는데 "으흥"하는 소리와 함께 바삭바삭하는 소리가 들렸습니다. 어머니는 "호랑이다"하시며 나를 안았습니다. 그리고는 합장을 하고 염불을 외웠습니다. 호랑이라는 말에 나는 겁에 질려 꼼짝을 못하고 있었습니다. 얼마가 지나니까 "으흥"하는 소리가 멀어지더니 이윽고 호랑이는 그만 딴 데로 간 것 같았습니다. 그제사 나는 엄마에게 "갔다, 갔다"했습니다. 엄마도 "이제 됐다"하시며 목욕을 계속했습니다.

 초등학교 일 학년 때라 추억은 이것뿐이지만 부처님의 고마움을 비로소 터득하고 그저 어머니의 염불만이 고마웠습니다. 불공을 소기대로 마치고 엄마와 나는 고향으로 되돌아갔지만 나는 호랑이의 무서움에는 기가 차더라는 이야길 친구들에게 하며 신나게 떠들었습니다.

 나이 오십칠 세 된 지금에 와서 생각해보니, 그때 일은 영원토록 잊혀지지 않는 공포요, 희열입니다. 이제 어머니도 돌아가시고 나도 오십칠 세가 되었으니, 옛날 이야기도 신이 안 나지마는 호랑이가 나타났던 그 공포와 전율만은 영 잊혀지지 않습니다.

우리 나라에는 절도 많지만 호랑이가 나타나는 절은 이젠 없습니다. 문명이 발달한 까닭이지요. 옛날에는 호랑이도 있었고 무서웠습니다. 오늘 한국에는 이제 호랑이 소리도 없어졌지만 그래도 이야기는 들을 수 있습니다.

부처님과 예수 그리스도님 이야기로 돌아가면, 종교는 참 고마운 것입니다. 종교가 있다는 것은 인류의 행복입니다. 생명을 얻고 태어난 우리 인류는 고대로부터 부처님의 은덕으로 살 수 있었습니다.

오늘 하루를 어떻게 살까 걱정하지 마십시오. 다 부처님의 은덕으로 일이 잘 풀어지기 때문입니다. 2천 5백년의 습관과 전통으로 종교는 우리에게 안심을 줍니다. 내일만 남아 있는 우리는 내일이면 또 내일, 장중한 미래가 있습니다. 부처님은 영원하십니다. 예수 그리스도님도요. 종교는 변함없이 우리를 키워나갈 것입니다.

부처님은 왕자입니다. 왕자가 인간의 고뇌와 번민을 위해 고생 끝에 얻은 불심은 온 누리에 퍼져서 인간의 고뇌와 번민을 구제하실 것입니다.

사람마다 부처를 믿어서 온 세상에 희망과 즐거움이 깃들도록 수고

하십시다. 그러면 용기와 감격이 되살아나고 희망의 새아침이 열릴 것입니다.

초등학교 일 학년 때 처음 가본 감천사는 지금 어떻게 되었는지 통 알 수가 없습니다. 어쩌다 만나는 마산 사람들에게 물어도 알 수가 없다고만 하니, 소식을 알 수가 없습니다. 이제는 헐어서 폐사가 되었는지조차 알 수가 없고, 먼 옛날 얘기라 이제는 찾아갈 수조차 없고 하니 그저 잊어 버리는 것이 상책인가 합니다.

내 이야기는 이것뿐이지만, 부처님이 호랑이를 물리치심과 같이 핵폭탄도 물리치실 것을 은근히 빌며, 이만 붓을 놓습니다.

보고 싶은 그대에게

옛 애인에게 보내는 편지

변인호, 나의 첫사랑이었던 여인아! 지금은 어디에 살면서 뭘 하고 있는지 궁금한 여인아!

내가 당신에게 연정을 품은 건 대학교 2학년 때였으니 지금으로부터 삼십육 년 전, 내가 그때는 서울대학교 상과대학 2학년생이었고 교사는 부산 대신동이었소. 당신이 다니던 서울대학교 문리과대학은 상과대학 근처였으니 알게 된 것 같소. 알게 된 후 곰곰히 생각해 보니 당신은 내가 다니던 미국대사관 도서실에서 내 앞에 앉아 나에게 영어 사전을 빌렸던 그때 그 여고생임이 생각났소.

그때는 부산이 임시 수도라 부산 대청동에 대사관 도서실이 있었던 그때 생각이 역력하오.

대학교 2학년 때 첫사랑에 빠진 난 어찌어찌 당신의 사정을 알아봤소. 그랬더니 당신 어머니는 유명한 국회의원 박순천 여사의 딸이더구만.

6·28 사변이 호조되어 서울로 가게 되었는데 내가 동숭동 대학로의 문리과대학에 일찍 가서 당신의 등교를 기다렸소. 조금 있다가 당신이 왔구려. 어떻게 반가운지 내 가슴이 두근두근 뛰었소. 옛날 얘기라 실감이 안 나겠지만 들어주시오.

부산에서 상과대학은 뒤로하고 당신이 있는 언어학과 교실에 자주 출입하여 언어학 공부를 한 것은 나의 문학 수업에 큰 힘이 되었소. 그때는 짝사랑이라 행동하지는 않았소. 결국 짝사랑이 되어버렸지만, 그러나 당신의 눈짓이나 태도에서 나를 사랑하고 있다는 확실한 증거를 나는 보았소. 당신도 나를 열렬히 사랑하고 있었소.

그러다가 일 년이 지나서 당신은 미국으로 유학을 가게 되어 다시는 못 만나게 되고 우리들의 사랑은 끝이 났소. 유학 간 당신에게 영광있으라고 나는 하나님에게 얼마나 기도했는지 모르오. 우리는 결국 헤어졌지만 우리들의 사랑은 끝이 나지 않았소.

지금은 나의 아내를 사랑하고 있지만 가끔은 당신 생각도 나는 때가 있소. 연서를 쓰라기에 지금은 당신 생각이오. 그 이쁘장하고 똑똑한 얼굴이 다시 떠오르오. 지금은 아이들을 몇이나 낳았는지 어디서 사는지 모르지만, 하여튼 행복할 것이오.

변인호 씨. 한번 만나 회포나 풉시다. 어디 있는지조차 모르는 내가 이런 소리하는 것은 우습지만 서로 나이가 오십 세를 넘은 지금에야 만날 수도 있고 이야기할 수 있지 않습니까?

우리 집 주소는 경기도 의정부시 장암동 384번지입니다. 이 글을 읽으실 때가 오거든 어디서 만나자고 편지 주시오.

괴로운 바다의 풍랑과 고초를 잊기 위하여

아내는 나를 보고 왜 술을 마시느냐고 대들지만, 이런 글을 쓰게 됐으니 이제 그 이유를 밝혀야겠다. 술을 취하게 마시는 경우는 나에게는 없다. 아주 조금만 마신다. 막걸리는 한 되를 하루종일 걸려서 마신다. 이제 내 나이 쉰여섯인데, 이렇게 된 것이다.

젊었을 때는 술을 많이 마신 적도 있었다. 그러나 나이가 듦에 따라 차차 주량이 줄어든 것이다.

나는 소주는 일체 안 마신다. 그저 막걸리로 만족한다. 막걸리를 마시면 배도 부르고 영양분도 있을 뿐더러 맛도 양순하기 때문이다. 그리고 원고료라도 받아 호주머니가 두둑한 날에는 내가 제일 좋아하는 청주를 마신다. 이 술들은 인간의 생활에 도움을 주지 해로움은 없다. 기분이 언짢거나 또 기분이 좋을 때 많이 찾는 술은 인간의 본능인 것이다.

사람은 언제나 기분이 나쁘거나 좋지는 않다. 그저 그런대로 사는 것이 인간의 생활일텐데 어쩌다가 나쁜 일이 있을 때면 인간은 술로 풀려고 하는 것이다.

사람은 다른 동물들과 달리 감정 생활에 예민하다. 잔칫상에 술이 없는 경우도 없고 울적하면 술이다. 사람이 생긴 이래로 술이 있었다지만 술은 사람의 진미인 것이다.

이렇게 허술하게 말할 것이 아니라 내가 왜 술을 좋아하는지 말해야겠다. 우선 우리하고 가까이 있어서 좋다. 술을 마시고 싶을 때 자동차를 탄다든가 하는 악조건은 없다. 우리 주위에 술은 얼마든지 있다. 그리고 나는 술을 아주 조금만 마시니 취한다는 걸 모르고 살고 있다. 취한다는 건 악덕이다. 예수님도 이 취한다는 것을 경계했지 술을 금하시지는 아니했다. 그 증거로 성서에 보면 어떤 결혼 잔칫집에 갔다가 잔치 도중에 술이 떨어지자 물로 포도주를 만드는 기적을 일으키셨다. 예수님도 포도주 맛을 알기에 포도주 만드는 기적을 일으킬 수 있었던 것이다.

술자리는 고요해야 한다. 안 그러면 술에 의해 곯아 떨어지고 실수를 하게 한다. 실수는 언제나 술을 탓하는 구실인 것이다. 언제나 조용히 마시고, 많이는 들지 않고. 고요히 자리에서 일어나는 술자리야말로 으뜸인 술자리인 것이다. 그러나 일반 사람들이 알기엔 떠들고 싸움판인 것이 술자린 줄 알고 있다.

술을 좋아하는 까닭은 세상의 고달픔을 잠깐 잊게하기 때문이다. 인생의 어지러움 속에 살다 보면 인생의 고통으로부터 잠깐 해방되고 싶은 욕망이 생기는 것이다. 그러니 술은 인생의 해방제다. 이 해방제는 값도 싸고 편리하다. 그리고 술집도 많다. 요사이는 술집에 많이 안 가고 주로 집에서만 마신다. 왜 이렇게 술이 편리한가를 생각하면 술이 인간에게 있어서 얼마나 중대한 의미를 가지는가를 알게하는 한가지 방법이 되겠다. 부처님은 인생을 '괴로운 바다'라고 하셨다. 그 괴로운 바다의 풍랑과 고초를 잊게 하는 것이 술인 것이다. 왜 술을 마다하랴. 우리는 한결같이 잘 살기를 염원하고 있다.

이 염원을 확실하게 하려고 노력하는 반면에 그 괴로움을 다소 잊게 하는 것이 중요한 것이다. 술은 그런 뜻에서 중대한 의미를 가진다.

복잡한 수속 없이 돈을 조금만 가지면 되는 이 술은 얼마나 좋은 것인가. 기분도 썩 좋아지고 웃음도 많이 나는 이 술을 나는 마다하지 않는다. 그러나 실수 연발이 되어서는 안 된다. 그러기 위해서는 많이 마시는 것을 삼가야 옳다. 많이 마시는 사람은 패가망신이다. 패가망신이 되어서야 되겠는가.

우리는 인생을 즐겁게 살아야 한다. 술은, 조금만 마시면 우선 즐거워지는 것이다. 그러니 얼마나 좋은 것이냐. 무리하지 않고 한잔의 술을 마시는 일을 나는 절대 반대하지 않는다. 제삿날이나 아버지 생신에 한잔 술을 드는 것은 축복 중의 축복이다.

하여튼 술을 조금 마시는 일은 만복이다.

나는 우선 술에 취해서는 안 되고, 실수를 해서도 안 된다고 생각한다. 왜냐하면 만취와 실수는 술의 미덕을 해치기 때문이다.

모든 사람들이여. 술을 금하지 말고 아끼고 사랑하면서 드세요.

그러면 하느님도 박수를 쳐 주실 것이다.

나의 노래여, 술을 언제나 찬미하라.

투병 생활

나는 작년 시월부터 몸이 쇠약해져왔다.

처음에는 다소 몸이 불편해도 늘 그런 생활에 익숙해져 있었기 때문에 별게 아니라는 그런 생각에 무관심할 수밖에 없었다. 하루에 내가 좋아하는 막걸리 두 되와 우유 두 사발이면 나는 천하에 부러울 게 없었기 때문이다. 음악이 듣고 싶으면 머리맡에 놓여 있는 라디오에서 흘러나오는 FM방송이 나를 즐겁게 해주니 이 또한 무엇이 부족하단 말인가.

그러던 어느 날 며칠 사이에 내 배가 차츰 부어오르는 느낌을 받기 시작했다. 아내의 눈에까지 띌 정도가 되었다. 그러니 장모님과 아내는 하나같이 병원엘 가자고 성화였다. 그러나 내 생각은 달랐다. 아프지도 않고 다소 배가 부어서 그렇지 다니기에 불편하다던가 그런 느낌은 전혀 없었기 때문이다.

그런데 하루는 자고 났더니 발등이 부어있지 않는가. 내 발을 보던 아내는 큰일났다는 것이다. 이래서는 안 된다며 울고 야단을 하니 나도 아내의 말을 조금은 들어주어야 겠다는 생각으로 병원을 갔었다.

처음 찾아간 병원이 비원 앞에 있는 중앙병원이었다. 아내가 미리 이야길 해놓았던지 이층 원장실로 안내가 되어 원장 선생님의 진찰을 받게 되었다. 그런데 원장께선 나늘 보더니 아니 이 배를 해 가지고 왜 이제야 왔느냐고 아내를 보고 호통을 치는 게 '중병에 걸렸구나' 하는 생각이 들었다. 그래서 원장을 보고 "절망적입니까?"라고 반문을 했더니 아니라는 것이다. 빨리 서울의대 응급실로 가서 치료를 하라는 것이다. 중앙병원에는 시설이 되어있지 않다는 것이다.

할 수 없이 중앙병원을 나와서 집으로 갈 수밖에 없었다. 아내가 돈도 준비를 해야 되는 사정이 생겼기 때문이다.

집으로 가서 기다리는 동안 한의를 모시고 집으로 아내가 왔다.

간경화증이면 한약으로 다스려도 완쾌가 된다고 하니까 우선 처방을 해서 급한 대로 치료를 하기로 했었다. 그러나 조금 차도가 있더니 다시 배는 임산부의 배같이 부어오르는 것이 아닌가. 숨도 차는 듯하고 여간 거북하지 않았다. 아내는 밤을 새워 간호를 하지만 불러 오는 배를 어쩔 수 없었다. 꼭 고무풍선 모양으로 자꾸만 불어지는 것이었다.

아내는 여기저기에 알아보며 돈을 마련하기에 정신이 없는 눈치였다. 그러던 어느 날 차를 가지고 와서 병원으로 가자며 나를 태워 어디론가로 가고 있었다. 어디로 가느냐고 물었더니 잠자코 있으라는 것이다. 얼마나 갔는지 다 왔다는 것이다.

응급실로 들어가 조금 있으니 내 다정한 친구 정원석 박사가 들어오는 것이었다. 그때야 춘천이라는 것을 알았다. 나는 친구를 보자 몇 년 만에 이런 꼴로 만나게 된 것과 아픔도 잊고 눈물이 쏟아지면서 큰 소리로 외쳤다. "야 이 자식아! 이게 몇 년 만이냐"라고 했더니 정 원장

하는 말 "이 자식 이 배가 뭐냐, 아들이냐 딸이냐?"라고 하기에 나는 대답했다. "내 마누라가 애기를 낳지 않으니 아들 딸 같이 낳겠다"라고 해서 두 사람이 함께 크게 웃었다. 정말 오랜만의 해후였다.

그 후에 알게 된 일이지만, 그때는 내가 일주일 후면 죽을 사람으로 생각했었다고 한다. 그렇게도 나는 어리석은 놈이었다.

친구 덕분에 병실도 특실에 특별 대우를 받으며 치료를 받았다.

두 달 동안 놀라우리 만큼 차도가 있었다. 나도 매우 기분이 좋았다. 식사도 때를 기다릴 만큼 시간이 지루하게 느껴질 정도였다.

서울의 친구들이 주일마다 찾아오고 춘천의 문인들이 매일같이 찾아주고 아내는 매일 왔다갔다하면서 보살펴 주었다. 그러던 어느 날 알 수 없는 알레르기가 돋아나더니 온몸이 가렵기 시작했다. 가려워 밤새 긁었더니 상처가 나면서 피부가 상하기 시작했다. 꼭 화상을 입은 사람 같이 되었다. 따갑고 아파서 어쩔 줄 몰랐다. 온몸을 씻고 약을 바르고 붕대로 감고 누워 있으려니 눈만 감으면 송장이나 다름 없었으리라.

아픔과 고통에 얼마나 시달렸는지 몇 번을 죽음의 문턱에서 오르내렸다. 가끔 눈을 뜨면 옆에서 아내는 울고 있었다. 무척이나 고생을 시켰다고 생각하면 아내에게 얼마나 미안한지 모른다. '춘천을 수백 번 왔다갔다하면서 얼마나 고생을 했을까'라고 생각하니 앞으로는 아내의 말도 잘 들어야겠다고 생각한다. 식사 때면 밥을 먹어야 된다고 했던 말이 조금 미안하다.

사람은 언제나 불행을 당했을 때 후회를 하는데 그때는 이미 늦었다고 보면 된다. 어쨌든 긴 시간을 아픔에서 견디어냈다.

처음 병원을 찾아왔던 친구나 후학들의 말을 들으니 문을 열고 들어서는 순간 '이제는 마지막이구나' 하는 생각을 했었다고 한다.

그렇게도 내 꼴이 볼품 없이 되어 있었다고 한다.

나는 이제 소생이 되었다. 고통과 시련에서 이겨내었다. 이것이 내 의지로 된 것만은 아니다. 첫째는 아내의 보살핌이 제일 크리라 믿지만 집에서 얼마나 애원하며 우시며 빌었을 장모님의 보살핌을 잊을 수 없으리라. 그리고 밤낮으로 대소변을 받아주며 고생한 노광래, 신영민, 내 막내 처조카 영진이, 귀천을 지켜준 해림이, 주일이면 찾아온 혜선, 채경, 선옥이, 모두 헤아릴 수 없이 고마운 사람들이다.

또한 아플 때 돌봐준 영국 신사 같으신 내과 과장님, 젊으신 세 분강 선생, 김 선생, 명 선생님 춘천에 계시는 이은무, 이무상, 허 전도사님, 혜육 스님, 에블린 수녀님과 신부님, 헤아릴 수 없이 많은 분들의 위로와 고마움을 받았다. 또한 멀리 양산 통도사에서까지 찾아 주신 수안 스님과 방림 보살, 중광 스님, 더한 고마움을 느낀다.

모두의 지극한 도움과 은혜로 나는 살아났다.

긴 여행을 마치고 돌아온 기분이다. 이 많은 은혜를 어떻게 갚을 것인가?

앞으로 몇 년 후가 될지는 몰라도 좋은 시나 몇 편 남기고 천국으로 가야할텐데…….

두고두고 내 다정한 친구 정 박사의 고마움에 다시 감사를 하고 어려울 때 도와준 고마운 친구 채현국에게 또한 감사를 표한다.

많은 보살핌으로 되살아난 기쁨을 하나님께도 감사를 드린다. 7개월의 긴 투병 생활이지만 아직은 낙관할 수 없는 병이기에 얼마나 약을 먹게될지 조심스럽게 내 몸을 지켜 나갈 것이다.

절망과 인내의 시절

　그러니까 내가 시립 정신병원에 입원했던 게 71년 7월 말일이라 생각한다. 70년 겨울에 몹시도 쇠약했던 몸으로 부산 형님 댁에 갔다가 그 곳에서도 몇 개월 병고를 겪고 겨우 나다닐 정도가 되니까 불현듯 서울 생각이 간절하여 부산 형님께는 아무 말도 않고 훌쩍 상경했으니 몸이 말이 아니었다.

　몇 년이 아닌 이십 년이란 세월을 술과 인연을 맺어 대학생 때부터 문인들과 어울려 때를 가리지 않고 술을 마시기 시작했으니 내 몸이 돌덩이가 아닌 이상 정상일 수가 없었을 것이다. 거기다가 식사를 전폐하고 며칠이고 술에 취한 상태가 한두 번이 아니었으니까, 그것이 내 생활의 반복이었으니 내 꼴인들 짐작하고도 남으리라 생각된다.

　술이 생기는 일이라면 어떤 일이든 거절을 할 줄 몰랐으니 그 술에 미련 또한 아편을 맞은 이상으로 묘한 매력이 있는 것만은 사실이다. 예를 들어 내가 부산시장(당시 김현옥 씨)공보비서를 달고 있을 때이다. 시장 사모님께서 나를 중매를 서시겠다고 약속을 하시고 그 자리에 나를 초대하신 일이 몇 번 있었다. 그때 나는 상대 아가씨를 보는 게 목적이 아니고, 그 자리에는 반드시 근사한 술상이 차려져 있기 마련이니 나는 그 술만 실컷 마시고 돌아오면 내 의무는 끝나는 것이었다. 그러기를 몇 번 거듭하니 그때야 내 속셈을 알아 차리고 그 후로는 중매를 서겠다는 말씀을 입 밖에 내지 않았던 일도 있었다.

술이라면 이렇게 묘한 감정을 요리하는 마약의 생리라고 할까.

거기에 휘말리던 나는 좀체로 빠져 나올 수 없는 구렁텅이에 빠지고 말았다. 술값이 없으면 친구들을 찾아 다니면 술은 어느 곳에서든 나를 반기며 취하게 만들어 주었으니 결국 내 몸을 엉망진창으로 만들어 올가미를 씌우게끔 되었다.

나중에 알게 된 일이지만 쇠약할대로 쇠약해진 몸으로 서울에 오긴 하였지만 얼굴빛이 커피빛같이 꺼멓게 되고 몸은 말할 수 없을 정도로 빈약해져서 걸음도 제대로 걷지 못했으니 서울까지 올라왔다는 게 기적일 정도라고 아내가 된 집사람에게 이야기를 들어서 알았을 정도로 그때는 상황을 파악 못 할 정도였다. 지금 기억나는 것은 경찰차에 실려 응암동 있어야 되느냐고 버티며 고함을 질렀던 일 외엔 어떻게 해서 병원에 가게 되었는지 기억이 나지 않는다.

절망 속에서

병원에서 기저귀를 차고 있을 만큼 내 몸은 쇠약할대로 쇠약해져서 사람들의 기억마저 잊어버린 채 간호원이 이름을 물으면 천상병이라는 이름과 시인이라고 대답했고, 어떤 시를 썼느냐는 물음에는 내 시 한

편을 대지 못했었다니 얼마나 내 몸이 악화되었던가는 짐작이 되고도 남는다. 그만큼 나는 내 자신에 대한 희망이나 삶에 대한 욕망은 그 당시 가져볼 수 없을 정도로 절망적이었다.

다만 내 생명이 다시 소생했다는 것은 나를 살려내야겠다는 끈질긴 인내와 사랑으로 돌봐주신 김종해 박사님의 정성이 아니었던들 나는 지금의 아내하고 새 생활을 누릴 수 없었을 것이다. 여러 의사 선생님과 간호원들까지 이미 생명을 구할 수 없는 폐인이라고 돌봐주기를 꺼려했지만 살려 보겠다는 하나의 힘이 나를 일깨워주었던 것이다. 내 평생을 두고 잊지 못할 분이라고 지금도 아내와 주고받는 말이다.

그 후 의식을 되찾은 나를 늘 아끼고 걱정해주던 친구들의 따뜻한 사랑, 호주머니를 털어 시집을 펴내는 일, 모금을 해서 내 허약한 몸을 살과 피로 만들어줄 만큼 정성어린 일들, 모두가 내 가슴을 에이는 고마운 일들이었다. 내가 다시 생명을 잇게 된 것은 결국 내 마음 자세보다는 끈질긴 여러 사람들의 성의에 되살아났다고 하여도 거짓이 아닐 것이다.

그 후 지금의 아내가 김종해 선생님의 권유와 십여 년 전부터 내 생활과 성격을 누구보다 잘 알고 있었으므로 이해와 사랑으로 내 건강을 위해 일주일에 두 번 나를 찾아와 대화를 나누며 보살펴 준 덕이 아닌가 생각된다. 아내는 김종해 박사님과 처남의 친구 관계로 나보다 먼저 김 박사님을 잘 알고 있는 사이기도 했기 때문에 나를 도와주고 많은 것을 알아서 보살펴 주었던 것이다. 결국 내가 살아났다는 것은 나 아닌 다른 사람들의 도움으로 생명을 연장하게 되었던 것이다. 용케도 살아났다. 술은 다시 마시지 않겠다는 굳은 신념과 김 박사님과 아내와의 약속, 이 모두를 지켜야 하는 내 의무와 큰 올가미를 쓴, 또 하나의 천상병으로 탈바꿈되어 의젓하게 결혼을 했던 것이다. 43년의 긴 여행이 끝났던 것이다.

인내로 물리친 술

결혼 후 아내와 나는 비둘기모양 부부라기보다는 친구같이 남매같이 늘 어디를 가나 그림자처럼 함께였다. 그러나 어쩌다 아내와 잠시 떨어진 시간에 나 혼자 친구를 만나다 보면 지난 날 즐기던 술집 생각에 그만 나도 모르는 사이에 함정에 휘말리고 만다.

"술을 마시지 않는 상병이는 재미가 없다."

"옛 정을 생각해서라도 그럴 수 있느냐."

며 나를 유혹하기 시작했다. 결국 나는 그 묘한 매력에 이끌려 한두 번 씌워졌던 올가미를 벗어던지기를 계속한 것이 결국 자주 친구들과 어울려 설마 내 몸이 어떻게 될려고 하는 자부심에 배짱이 생겼다. 으레히 아내보고 일주일에 두 번은 술을 받아 달라고 태연히 강요하게끔 되었다. 그럴 때마다 아내는 꼭 다짐을 한다. 술을 마신다면 벌로 시내에 함께 나가는 약속을 한번씩 빼고 아내 혼자 나가는 벌을 주는 것이다. 그럴 때는 어쩔 수 없이 아내가 돌아올 때까지 무료한 시간을 보낸다. 아내는 철저히 벌을 가하는 것이다. 지금 생각하면 역시 아내의 말을 들었어야 했던 것이다.

나는 또 다시 몸이 쇠약해져 잠을 못 잘 정도로 신경에 피로가 왔다. 그래서 다시 병원 신세를 지고 말았다. 이번에는 국립 정신병원이었다. 김종해 박사님께서 그 곳으로 가셨기 때문에 아내가 나를 거기에 입원을 시킨 것이다.

두어 달 동안 병원으로 나들이를 갔다 온 사이에 아내의 고생이 가슴 아프게 느껴 온다. '진작 아내의 말을 들었던들' 하는 후회가 찾아오기 마련이다. 병원비를 충당하기 위해 애써 뛰어다녔을 수척한 아내의 얼굴을 바라보니 아무리 40여 년 동안의 고집도 그만 가슴이 뭉클하게 내 두 눈에 핑도는 눈물은 남편이 되었다는 철이 든 생각에서일까? 어떤 위기에 처한다해도 나는 내 몸을 지탱할 수 있는 마음의 자세를 이제는 허물어뜨리지 않겠다. 앞으로 이것을 토대로 열심히 무엇이든 내 힘으로 살아 가련다. 건강은 가장 중요한 것이다. 술은 절대 금물이다. 나답지 않은 말이지만 사실이다. 살기 위한 내 결심이라면 나를 아는 사람은 또 한바탕 웃을 것이다.

해 설

　하얀 색의 스마트한 여객선을 타고 싶을 때는 언제나 탈 수가 있다고 말하면 어리석은 내 서울 친구들은 "자식이 또 시작하네"라고 할 지도 모른다. 기색 나쁜 녀석들이다.

　반 년 남짓 넘어 부산 시내와 선창가의 소금 냄새 나는 세월을 파문고 지냈다. 그동안 나의 자기 반성과 인생 관조가 얼마 만큼 보탬이 되고 효용있는 것이 됐는지는 몰라도, 하여튼 그런 어리석은 자들과는 상관하지 말지어다 라는 고등 동물적 우정관이 섰다는 것만은 어김이 없으니 무턱대고 진실만 말해 줄 수밖에 없다.

　한가한 어느 날, 자운, 수관 두 형과 함께 자갈치 선창가를 어디 멋있는 술집이 없나 하고 어슬렁거리며 기웃거리는 판이었는데 수관이 "저걸 타자"하면서 마치 피해 간 빚쟁이를 북극에 가서 만난 것처럼 쏜살같이 뛰어가는 것이다. 뜻밖의 일에 자운과 나도 넋이 없어져 뒤따라 갔더니 많은 사람들이 탄 웬 배 위에 걸터앉아서 우릴 보고 얼른 타라고 재촉한다. 자운은 멋모르고 어줍잖게 기어오른다. 이 친구들은 어리석은 친구들이다. 왜냐하면 부산에 집이 있는 나는 가끔 내려오므로 그 둘보다 이곳 물정에 밝을 것은 뻔한 일인데 내 상식에 의하면 그 배는 다대포까지 가는 배였으니까.

　이건 다대포까지 간다고, 소리 질러 배에서 내리라고 종용했느나 되려 벙긋이 웃기만 하고 마침 배도 떠날 채비인지라 요새 세상은 제 정신 가지고 살기는 틀렸다 싶으면서 나도 탔다. 다대포에 가서 이 멍텅구리 두 놈을 '보호'해 줄 의무와 정의감이 내게 있다는 비장한 결의에 스스로 도취하면서….

　여기까지는 좋았는데 끝이 나빴다. 그 배는 다대포는커녕 송도까지도 안 가는, 그러니까 방파제도 못 미쳐, 남부민동 선창가에 대는 나룻배였던 것이다.

　수관이 먼저 그 배의 목적지를 안 것은 서울서 내려온 그의 거처가 남부민동에 있었기 때문이다. 그러면 그렇다고 한마디 귀띔을 해 줄 일이지, 이래저래 친구들의 어리석음 때문에 나는 가끔 애를 태우는 일이 많다.

　그래서 발견한 것이 여객선이다. 나룻배 따위가 무슨 여객선이냐고 함부로 말 못할 일이다. 한강 여타 등등의 시골 나룻배들과는 비교조차 안 된다. 엔진을 갖춘 배인데다가 그 스타일이 날씬한 것은 물론 여객들의 앉을 자리도 명동 대포집의 의자들보다 훨씬 깨끗하고, 그리고 특이한 것은 그 항로인 것이다. 6, 7분 걸리는 항해 동안 비록 항만 안이지만 진짜 바다맛을 볼 수 있고 부산 직할시가 멀리 보이는 것이 스크린에서처럼 펼쳐지는 위기는 모름지기 버릴 수 없다. 그리 적지도 않는 배는 30명 넘는 사람들이 타도 끄덕하지 않는다. 함께 타고 있는 사람 가운데 어쩌다 아름다운 여성이라도 타게 되면, 우리 함상의 상황은 상상하고도 남음이 있으리라 생각한다.

　서울에서 이만한 감흥을 얻으려면 어찌 비교가 될지는 몰라도 인천 합승을 타고 일사천리로 달린다든가, 케이블카를 여러 번 왕복하는 것에 해당할 것이다. 그러려면 최소한 백 원의 비용은 들테지만 우리의 여객선 삯은 놀랍게도 단 3원, 왕복에 6원이다. 이런 싸구려 관광인데도 혼잡한 적은 거의 없으니 놀라운 일이다. 또 타고 싶으면 언제나 탈 수가 있다. 손님을 내리고 태우기만 하면 즉시로 떠나고 또 돌아오기 때문이다.

　내 괴로운 유배 생활(?)에 있어 이 배는 나의 영광과 광휘의 상징이다. 모든 고전적 인식의 베일이 물거품처럼 사라지고 실체 인식의 심연이 수심 속에 명멸하는 때도 있었지만 그런 견유학적 만족보다 더 나를 매혹케 하는 것은 소위 선유(船遊), 즉 드링킹을 함상에서 거행할 수 있다는 점이다.

　그 날은 비가 내리고 바람조차 불어 물결이 세었는데도 배는 운행하고 있었다. 보통은 위험을 경계해서 그런 날은 쉬는데 무슨 까닭인지 여전했다.

　호기도래(好機到來), 진로 소주를 겨드랑이에 끼고 자갈치 선창가 편에서 승선하였다. 아직 설명하지 않았지만 이 배의 선비는 이쪽 편에선 받지 않고 남부민동 하선장에서 내릴 때 주고 탈 때 주기로 되어있는 것이다. 그러니까 몇 번 왕복한 채 내리지 않고 그대로 앉아 있으면, 심지어 하루 종일 타고 3원이라는 계산이 된다. 그것도 자갈치 편에서 타고 자갈치에서 내리면 하루 종일 공짜도 될 수 있다는 가능성도 내포하고 있다. 그러나 이건 어디까지나 얌체 말씀이지 실제로 그렇게 하는 사람도 없고 그만큼 어리석은 선원들도 아닐테지.

하여튼 나는 배가 떠나자 선미 쪽에 마련된 일등석(?)에 앉아 의젓하게 마개를 뽑고 '일'을 시작했다. 바람 불고 비 내리는 어두운 구름 아래의 바다를 우리 여객선은 유달리 흔들리면서 가고, 나는 그 위에서 회심의 미소가 절로 나올 만큼 취해갔다.

햇빛을 싫어하는 나는 이런 찌푸린 날씨가 여러 가지 의미에서 훨씬 좋다. 이윽고 남부민동에 도착하자 얼마 안 되는 손님들은 내리고 또 얼마 안 되는 손님들이 탔다. 물론 나는 현상 유지, 곧 배는 반대 방향으로 떠났다. 이제 본격적으로 드링킹. 벌써 조금 취해 있는 데다가 마셨으니 꽤 기분 전환 속도가 빨랐다.

그런데 차차 눈이 흐려지고 보이는 것들의 윤곽이 희미해 가더니 새로운 윤곽이 떠올랐다. 부산시는 간 곳 없고 제한 없는 대양이 되어 버렸다. 다정한 우리 여객선의 모습은 한꺼번에 흐려지더니 거기 해적선이 나타나 있는 것이 아닌가. 비바람은 대폭풍우로 일변해 버린 지 오래고 나는 해적의 두목처럼 나도 모르는 사이에 선두에 머리칼을 날리며 서 있는 것이었다. 말할 것도 없이 이 현상은 나의 환각이었음에 틀림이 없다.

그러나 이 환각의 리얼리티는 어떤 현실의 리얼리티보다 그때의 나에게는 실제였다. 이같은 일은 우리 인생에 가끔 일어날 수 있는 일이다. 그 약골 해적이 할 수 없이 3원을 치르고 육지로 상륙하지 않으면 안 되게 되었다. 네 번 왕복을 하는 동안 돈도 치르지 않고 버티고 있는 것을 본 선원이 내게 와서 이런 말을 서로 주고 받았기 때문이다.

"아니, 이르기십니꺼? 왜 그럽니꺼?"

"글쎄, 이쪽 아니면 저쪽에서 누구하고 만날 약속을 했는데 안 나타난단 말야."

살아있는 값진 보석

만난다는 것은 좋은 일이다. 대상이 누구든, 사람이 아닌 모든 물체라도 마찬가지다. 만났다 헤어지고 헤어졌다 또 만나는 기쁨은 어떤 이유에서든지 즐거운 것이다.

길을 가다가도 여러 사람과 만난다. 아는 사람도 만나고 모르는 사람과도 스치며 지나간다. 아는 사람을 만나면 반갑고 기쁘지만, 모르는 사람은 모르는대로 마주치면 그래도 눈길이 가는 사람이 있다. 모두가 살아있기에 만나는 얼굴이다. 풀 한 포기, 꽃 한 송이에도 눈길이 마주치면 마음속으로 외치며 반가운 정감을 느끼게 된다. 불가에서 말하는 인연이라고 해야될지 아무튼 반갑다.

좋은 일로 만나면 더 기쁘고 좋지 않은 일로 만나면 슬프고 괴롭다. 그리고 가슴이 아프다. 그러나 죽어서 헤어짐보다 괴로운 만남이 더 값지지 않을까? 살아있는 사람은 언제나 어느 곳에 있든 만날 수 있다는 여운을 남기고 그리워하며 기다리는 보람을 갖지만, 죽어서 저세상으로 가버린 사람들은 아무리 그리워하고 찾아헤매도 소용이 없다. 이것이 만남과 헤어짐의 차이가 아닐까.

나는 때론 만나고 싶은 사람이 있다.

지난 날 나를 아껴 주고 사랑해 주셨던 부모님 얼굴, 그리고 돌아가신 선배, 친구들, 또 하나밖에 없던 나의 처남, 나를 돌보아 주셨던 김종해 박사님, 참 보고 싶고 만나고 싶다. 그러나 이미 돌아가신 분들. 그리위 하며 슬퍼할 따름이다. 언제 어느 때 가서 다시 만나리….

　살아있는 몇 분들의 얼굴을 만나면 나는 큰 소리를 치며 외친다. 반가이 나간다. 아침 아홉 시에 집을 나서면 종로에 있는 '유전' 다방에 들러 아는 친구들을 만나고, 인사동으로 건너가 실비집에서 막걸리 한 사발을 마시고, '귀천'으로 오면 마누라를 만난다. 그리고 그 곳에 찾아오는 친구들 박이엽, 채현국, 민영, 신경림, 심우성, 박재삼, 그리고 민병산. 모두 다 만나면 나는 기분이 좋아진다.

　그리고 나를 아끼고 돌보는 노광래, 혜선이, 여류 시인 최정자 씨, 참으로 좋은 날이 된다. 그리고 용돈을 거두어 갖고 집에 돌아오면, 나는 장모님과 막내조카 영진이와 만난다. 그리고 내 방에 걸려 있는 사진 속의 복남이와 만난다.

　복남이는 어느 사진 작가가 찍은 어린아이 얼굴의 사진인데 내가 지어준 이름이다. 이 아이와 나는 말을 주고 받곤 한다. 그러면 나는 참으로 기분이 좋아진다. 그리고 저녁 열한 시 반이 되면 마누라가 가게에서 돌아온다. 그러면 나는 반가운 마음에 "문둥아! 문둥아!"하고 기쁘다는 표현을 한다.

　이 소리가 내게는 반갑다는 표시다. 그러면 나는 하루의 만남이 끝난다. 만난다는 것은 살아있는 행복이다. 그리고 빛이다.

　만남은 값진 보석이다.

한번이면 족하다

내가 아는 화가

나는 요즈음 건강이 좋지 않다. 며칠 전 이발관을 갔다 오다 다리에 힘이 빠져 넘어졌다. 몇 개월을 밥이라곤 입에 넣지 못하고 막걸리와 우유로 연명을 했으니 당연한 일이라 생각된다. 아내는 한사코 술을 한 되로 줄이고 한 끼라도 밥을 먹어야 된다고 했지만 술을 먹지 못하는 아내에게 어떻게 이해할 수 있겠냐며 우겨 왔었다. 이제 이렇게 건강이 나빠진 지금에야 내 잘못을 알게 되었다.

걷는 데 여간 불편하지 않으니 이게 웬 말이냐.

요며칠 술을 끊고 밥을 먹고 있으나 이것이 얼마나 갈런지 나도 도무지 모르겠다. 아마 하느님께서 내리신 벌이라 생각된다. 누워서 생각하니 옛날에 사귀었던 몇 사람들의 화가들이 생각나 몇 줄 적을까 생각한다.

첫 번째 남관 선생을 생각해 보자. 남관 선생과는 어떻게 알게 됐는지도 도무지 알 수가 없다. 천만번 생각해본 들 알기는커녕 그냥 모르기 마련이다.

남관 선생의 용모는 동양형 미남이다. 전 세계의 어디에 가 있더라도 충분히 점잖고 예의 바르고 부드러운 분이다. 마치 조선조 때의 영의정을 보는 느낌이다. 교양미가 온 몸에서 노도처럼 보인다.

남관 선생의 미술품은 아름답고 또한 동양 정신의 이질품이다.

그 이질성은 기술이 서양화라는 것이 그렇다. 심심(深心)속에서는 동양의 하늘만 보일 것이다. 전세기의 서양의 미술 대가들은 종교화가 으뜸인데 남 선생님은 종교화는 손대지 않는다. 그림 자체는 종교가 아니다. 휴머니즘이 밑바닥이 되어 있는 것이다. 기어코 휴미니스트일 것이다.

빠리에서 돌아온 후의 그림은 좀 색이 다르다. 아무리 해도 그 곳의 영향을 받았을 것이다. 내가 좋아하는 남 선생님의 그림을 한 점 갖고 싶지만 가난한 시인의 주머니로는 생각도 못할 꿈이다. 남관 선생을 알고 있다는 것으로 만족을 해야겠다.

작년인가 외국과의 전시 관계로 사기를 당했다는 기사를 읽은 적이 기억나는데 이것 또한 남 선생의 인기 탓이라 할 수 있겠다. 두 번째로 하인두 씨 몫이 왔다. 나와는 내가 상대 2년 때부터 막무가내인 사이다.

그러니 '씨' 조차 필요없다. '씨'를 붙이니 헛기침이 나려 하고 웃음이 나와 방귀만 뀐다. 인두도 부산에서부터 사귀었다. 역사가 얼마나 되는지조차 모르겠다. 나와는 동갑일뿐더러 나보다 약간 달 수가 적다. 내가 형님 뻘인 것도 불구하고 내 바로 앞에서 형님인 체 하려들고 형님이라고 부르라 하니 대법원장께 고소했으면 좋겠다고 생각하고 있는데 얼마전에 병원에 입원했다는 이야기를 아내를 통해 들었다. 아내가 와서 큰 걱정을 했다. 아내는 인두가 오빠의 친구이며 남편의 친구로 각별한 사이고 보니 걱정이 태산 같단다. 모두가 술 탓이라고 쫑알거린다.

수술이 잘 돼야 된다고 눈물을 흘리기에 나는 고함을 쳤다.

"문둥아! (나는 아내를 그렇게 부른다. 경상도에서의 애칭이다) 인두 그 놈은 아직 죽지 않는다. 하느님이 그 놈은 부르시지 않는다 말이다. 함부로 천국에 가는 줄 아나? 가고 싶어도 가지 못하는 곳이 그 곳인 줄 무식한 너는 모른다. 눈물은 왜 흘려?"라고 거듭 소리를 쳤다. 그랬더니 아내는 걱정이 되어서 그랬단다.

인두야! 요놈아 일어나라! 나도 빨리 일어날테니. 아직은 너 같은 놈은 하느님 곁에 갈 자격이 없는 놈이란 걸 너는 모르는구나. 자격도 없는 놈을 하나님께서 불러 주시지 않는단 말이다. 아직은 못 오게 하신다는 걸 요놈아 명심해라. 그리고 빨리 일어나 내 마누라 가게에서 큰 소리로 웃으며 만나자. 빨리 일어나라, 인두야! 벌써 잊었나? 네놈은 내가 그림을 달라면 소리 없이 그려주지 않았나? 내가 결혼하던 72년에 시화전을 할 때도 너는 "알았다. 알았다"했다.

인두야 너나 나는 더 살아야 된다. 너는 화가, 나는 시인이다.

잊지 말아라 요놈아!

한번이면 족하다

　나는 한번이면 만족하는 지상주의자다. 두 번하는 것은 죽어도 싫어
한다. 이것은 사실이다. 조금도 거짓말이 아니다.

　길도 두 번째 가면 싫다. 그런데도 나는 두 번 가는 경우가 굉장히
많다. 잊어버린 것이다. 예를 들어 구체적으로 지적하면, 다소 소상하게
나타난다. 나는 한국기원에 가기 위해 일주일 중 토요일만, 시내로 나와
서 을지로 입구에 있는 아폴로 음악감상실 건물 2층 삼각 다실에 오후
2시부터 3시까지 앉아있는다 .

　3시 후에는 한국기원에 기어코 나가서 5시까지는 바둑 두는 것을 구
경하고 있다. 돈이 없어서(백 원이지만) 바둑을 안 둔다. 사실은 5급에
서 6급으로 떨어지는 판국이니, 돈이 없어서가 아니고 하나의 핑계이다.
내 바둑 친구들은 다 1급인데, 심지어 5급인 친구들도 나하고는 바둑을
두지 않는다. 왜냐하면 나를 18급과 같은 터무니 없는 초하수자 취급을
하니까 말이다. 심지어, 카운터를 지키는 아가씨하고 바둑을 두는 판이
니, 내 바둑 힘이 얼마나 약하다는 것이 추측된 것이다.

　나하고 바둑 두는 아가씨는 급수가 12, 13급은 되는데 나한테는 9급이
나 놓고 두는데도 내가 지니 알만하다. 심지어 그런 것이다. 얼마나 초
하수자인가. 그러니 남의 바둑 두는 걸 구경만 한다. 잘 두는 사람의 바
둑은 구경만 해도 큰 공부가 되고도 남는다.

　나는 그런 구경을 하는 것이 수없이 많다. 이러저리 걸어 다니면서 1

급수들이 두는 바둑을 기웃기웃하지만 심심치는 않다.

그런데 요사이 기묘하게 내 마음속에서는 5급이 다 된 것 같은데 아직 한번도 두어 본적이 없어 여전히 6급이다. 사실은 6급도 약하지만 할 수 없다. 6급끼리 둘 때 내가 흑돌을 쥐어야 시합이 이기고 지고 하니 약하지 뭐냐. 그런 내 바둑 세기이니 친구나 알만한 사람들은 같이 상대해서 바둑을 안 두어 준다니까. 내 아내는(내 아내도 기원에서 집에 가는 시간 오후 5시를 지키자고 여러 번 기원에 왔었다. 그러니까 바둑도 한 14급 정도 된다) '7급이라야 알 맞은 급수'라고 일러준다.

그런 7급까진 아무래도 내려가기가 싫다. 5급 6급도 아니고, 7급이라니 말도 안된다. 그런 내림은 마치 내가 사기를 치는 꼴이 된다.

이건 비밀이지만 나는 바둑을 둘 때 단돈 50원이라도 내기 바둑 두는 것을 굉장히 좋아한다. 50원은 내가 그것밖에 없으니까 그렇다. 심지어 집으로 돌아갈 버스비를 털어놓는 것이다. 그래서 버스삯은 언제나 아내가 내기 마련이다. 나는 단 한번만이라도 내가 버스삯을 내고 싶어 죽겠는데도 그렇다. 단 한번이라도……

원고료를 받아 거머쥐고 있는 날이나, 그 직후라면 내가 낼 수가 있을 텐데. 그 원고료는 원고를 먼저 쓴 다음에라야 원고료가 생기는데, 나는 여러 달 동안 글이 막혀서 안썼으니 원고료가 언제 있을 수가 있단 말인가? 더구나 받을 수가 있을 것인가?

아니 또 문장이 빗나갔다. '한번이면 만족하다' 라는 이야기를 해야겠다. 하여튼 건망증이 100%다. 아니 100%가 아니라 천 배 만 배다. 뭐든지 잊어버린다. 학교에 다닐 때는 우산을 잊어먹기가 일쑤이고, 학교를 나와서는 시계를 잊어먹고…. 요새는 길을 잊어먹기가 일쑤이다.

이건 잊어먹는다는 일과는 별도지만 나는 청량리에서 명동까지 걸어온 일이 있다. 홍릉에 내 아는 사람이 돈을 준다고 오라 했는데 막상 가보니까 그 사람이 없었던 것이다. 돈이 5만원이나 되었었다. 청량리 근처에 있는 정원석이라는 친구가 있었으나 그도 나가고 없어서 할 수 없이 걸어서 명동까지 갔었다. 그 맹꽁이같이 길고도 긴 먼 길을 걸으며, 부산에서 서울까지 올라간 옛날 사람들의 생각을 했다. 여유가 있어서 버스삯이 있는데도 걷는 것은 좋은데, 버스삯이 없어서 걷는 것은 딱 질색이었다.

나는 한번이면 만족하는 지상주의자다. 그런데도 잊은 것을 알기는 힘들다. 나는 그저 건망증 이야기를 할 수 있을 뿐이다. 건망이란 골치 아프다. 더욱 좋은 것 비건망이다. 그 비건망이란 무슨 뜻인가. 그것은 '건망이 아니다' 라는 뜻이다. 잊을 것은 잊고, 망해야 될 것은 절대로 망하니 말이다.

나는 비에 젖은 채 멋쟁이 글을 읽었었다. 그것은 의사들이 낸 천승세 씨로부터 받은 수필집인데 제목이 '내가 더 취하기 전에' 였다. 읽으면 읽을수록 멋쟁이였다. 다시 말하겠다. 나는 한번이면 만족하는 고집쟁이이지만 절대적으로 그렇지도 않다. 술집은 한번 가지고는 안 되고, 여러 번 가기 때문이다. 왜 그런고 하니, 술에 이미 취하였기 때문이다. 술조차 모른다. 한잔 따르면 그것이 술이다. 자기는 모르는 것이다. 술은 술이라는 것을 알아야 되고, 만족이 뒤따라야 된다. 그것이 술이다. 자기가 술을 마시고 있는 것조차 모른다면 엉망인 것이다. 따라서 술을 마시고 있는 것조차 모른다는 것이다.

의사들은 주로 술에 안 취하는가 보다. 그러니까 글을 쓸 때는 안 취하고 있는 것이다. 그래서 명필이다. 수필로는 남을 말하기 십상이지만, 이제는 술에서 깨어나야 되는 것이다. 그래서 탈이다.

김윤기 씨 이야기를 하는데, 사람이 좋다. 왜냐하면 사람이 그만이기 때문이다.

나는 한번 내가 30대 시절 고생할 때 후생일보사로 가서 그때는 편집국장이었던 김윤기 씨에게 '돈을 조금 달라'고 간청한 적이 있었다. 그런데 그때 김 형은 안 주었다. 그러면서도 "우리 집에 안 가겠어요?"라고 말해주는 만큼 다정한 친구였다. 그런데 나이로는 김 형은 내 아래 또래다. 그래서 김 형이라고 부르는 것이다.

김 형과는 여러 번 만난 다음에도 잊었으니, 두 번째 간 길을 또 잊는다는 것을 실수지 뭐냐.

나는 또 할 말이 있다. 내 영광은 굶어 죽는 데 있다. 반드시 굶어 죽을 것이다. 직장이 없고, 월급이 없으니 굶어죽기 마련이다.
　나의 영광이여, 굶어죽으라!

우리들 청춘의 묘지

　수개월 전에 모지(某誌)에서 '청춘의 발산을 억제하지 말라' 라는 글의 청탁을 내가 받았을 때의 일이다. 청탁에서 적힌 그 글의 제목을 보자 마자 나의 눈에 훤히 비쳐 오르는 길모퉁이 그 네온빛, 사람들의 표정이 있었다. 나와 내 친구들의 청춘이 물거품처럼 일었다 사라지곤 했던 그 자리가…. 명동이여.

　'태초에 말이 있었느니' 라고 하지만, '내게는 명동이 있었느니라' 이다. 나의 서울 생활은 임시 수도였던 부산에서 환도하자마자 때부터니까 10년이 넘는다. 환도라곤 했지만 사실은 처음 서울행이었으니까. 그 때 서울역에 내리자 눈에 비친 폐허된 앙상한 서울 거리의 광경은 촌놈에게 큰 위협을 주었다. 6·25의 참사를 고향 마산에서 아무것도 모르고 지냈던 나에게 처음으로 6·25가 그 생태를 보인 것이나 다름이 없었기 때문이다. 나는 그날 기차에서 내리자마자 환도 초기에 문인 일동이 집산했던 '모나리자' 다방으로 직행했었다. 생각해보면 이것이 나와 명동과 관계의 첫 스타트이다.

　그러니까 나의 서울은 나의 명동이었다. 그 당시의 명동은 지금의 시공관 근처의 모퉁이에서 퇴계로까지 내다보일 만큼 부서질대로 부서져 있었던 것이다. 그 무렵에 술 좋아하는 문인 선배에 끌려 자주 드나든 술집은 지금의 소공원 한복판쯤에 위치해 있었던 천장도 없고, 의자도 없어 앉아 마시던 돌술집이었다. 황폐한 돌무더기 한가운데 모여있던 선배들 속에 끼어 앉아서 그날의 나는 무엇을 하고 있었을까.

아무 생각도 나는 것이 없다.

여하간 이래저래 명동 바닥을 아침, 대낮, 저녁과 밤에 구애치 않고 쏘 다니는 나의 서울은 막을 열었다.

최근에 와서는 비교적 낮엔 드나들지 않지만 그래도 밤엔 가끔 나와서 십 년 간 헤맨 발자취 그 유적을 상기하면서 대포집에서 오십 환짜리 한잔을 들이키는 것이다. 우리에게 서울은 명동이요, 명동은 술의 별명이나 하등 다름이 없었다.

나와 다정했던 명동 술 동지들. 그들은 지금 군에 간 S, 군의관이 된 K, 접장을 하는 친구 S들이었다. 그들은 한결같이 문학과는 전혀 인연이 없는 친구들이었다. 4, 5년 전에는 아침부터 '명동'에서 만났고 만나면 술이었다. 돈이 있을 까닭이 없었다. 모두 빈털털이었는데 어떻게 그렇게 자주, 아니 정기적으로 어김없이 술을 마실 수가 있었는지 한국의 기적이라고 하지 않을 수 없었다. 그 무렵 내가 "우리는 돈이 한 푼도 없는데 어떻게 술을 마실 수 있을까"라고 술자리에서 말하니까 K 가라사대 "이 자식아! 그것도 몰라? 당구장에 가봐. 다마를 잘 치는 놈은 하루 종일 당구장에서 다마만 치잖아. 그 자식들이 돈이 많아서 그런 줄 알아! 다마를 너무 잘치기 때문이야. 우리도 술을 너무 잘 마시니까 언제나 술이지."

사실 K의 말마따나 우리에게 술은 유일무이한 존재였다. 우리들은 자신의 존재를 추상적으로 추구하기를 꺼려하는 대신 술을 마셨다. 술을 위해 우리들은 눈물겹게 헌신하였던 것이다. 그 몇 가지를 소개하면 S는 대학교수인 삼촌댁에 살고 있었는데, 그 삼촌의 생일날에 고모님이 (그러니까 삼촌의 누이) 축하 선물로 새로 삼촌의 옷 한 벌을 신조하여 S에게 갖다 드리라고 하였다. S는 그 옷을 삼촌에게 보이면서 "삼촌 여기 삼촌에게 꼭 들어맞는 옷 한 벌이 있는데 싸게 사십시오"라고 하여 교묘히 그 옷을 삼촌에게 팔아서 우리 일동을 심야까지 통음케했다.

 그리고 A가 무슨 병인가에 걸려 입원해 중태에 빠지고 있을 때 우리 일동은 간병차 간 일이 있었다. 그러나 좀 어떠냐라는 말 한마디 하지 않고 병자의 머리맡에 놓인 사과니 깡통이니 과자니 쥬스니 하는 일체의 음식을 치우기에 바빴다. 그래도 예의를 지키느라 술 사라는 말은 못했으나 하여튼 그 병실에 있었던 일체의 음식을 먹어 치운 뒤에 K가 비로소 병자인 A에게 위로의 말을 걸었다.

 "좋은 기회다. 임마, 객사하는 것보다는 이런 깨끗한 방에서 뒤지는 게 좋아. 그럼 잘 있어."

 그러나 A는 뒤지는 일 없이 살아났다. 살아나서 또 술을 마셨다. 우리 중에서 A가 제일 돈이 많았다. 그의 집이 돈이 좀 도는 집안이라 무슨 핑계로 얻어 오는지 꽤 술값을 날라왔다. 그 A에게 내가 "K라는 자식 요사이 연애를 하는 모양이야"라고 하니까, 그 순간 눈빛이 달라지면서 "자식 빨리 실연해야 할텐데"란다. "임마 남이 모처럼 연애를 하는데 왜 실연해야 한단 말이야"라는 내 말에 그는 "그걸 몰라? 실연하는 놈은 술을 잘 사거든."

이따위 맹장들과의 계절에 아랑곳 없는 명동 일대 답사는 십 년 간 계속되었다. 남들은 돈 없는 우리가 어떻게 비싼 명동을 헤매다닐 수가 있었는지 궁금하겠지만, 명동에는 비싼 집이 있는 반면에 또 아주 싼 집이 있다. '몽마르뜨'라는 술집의 술값은 아마 서울에서 제일 쌀 거다. '몽마르뜨'라고 하니까 파리나 그런 곳을 연상하겠지만 품팔이 지게꾼들이 저녁에 한잔 하러오는 골목집이다. 우리 친구들이 어쩌다 '몽마르뜨'라고 이름 지어 부르니까 오십을 넘은 지게꾼들도 저희들끼리 "몽마르뜨로 가세"하게 되었다.

그러니까 어쩌다 크게 얻어 걸리는 기적이 있는 날, 이외의 날엔 우리는 명동 최저선을 헤매고 다녔다. 십 년이 지났다. 나는 '나의 10년'을 이렇게 명동에서 허송한 것을 결코 후회하지 않겠다.

왜?

'우리들에게는 비록 술이 끝났지만 청춘은 있었다'라는 감상을 되씹기 위해서다. 청춘이란 대체 무엇일까. 명동 십 년에 나는 그 물음에 나대로의 답을 내릴 겨를도 없이 나의 청춘을 탕진하고 말았다. 오늘 밤도 명동에 나가 볼까. 거기 우리들이 문지르고 밟고 때리고 부순 청춘의 에너지와 그 역을 찾아갈까. 20대가 없는 10대와 30대만의 내가 잃은 그 20대를 찾아가 볼까. 나에게는 내가 뭔지 모두 알 수 없게 되었다. 우리들 청춘의 묘지, 명동이 오늘도 저문다.

메 모

1. 르네상스나 혹은 돌체에서 프랑크의 '교향 변주곡'을, 슈만의 '바이올린 협주곡'을 듣는 동안에 나는 나의 가장 고귀한 것을 잃기도 하고 얻기도 하였습니다. 그러다가 54년은 이렇게 55년이 되었습니다. 이젠 일심으로 쓰겠다고 할 뿐입니다.

2. 학자나 예술가, 그리고 언론인들, 여하 문화 담당자 전체가 어떤 공동 목적 달성을 위해서는 결합 일치한다는 의미를 문화계는 언제나 가지는 것입니다. 그런데 지난 한글 간소화 안에 대한 이 나라 전체 문화인 상호 간의 비협력과 불일치는 세인을 놀라게 한 것은 아닐까 나는 생각하고 있습니다. 공동 성명서 하나 없었고 산발적인 반대론뿐이었으니까, 결론적으로 우리 나라엔 아직 문화계가 없는 것이 아닌가 하는 것입니다. 없는 문화계에 조언할 사람도 없습니다.

3. 매달 각 지상(誌上)에다 무슨 건의를 잘 쓰는 문화인이 적지 않았으나, 이 나라의 문화 정책이 그것으로 조금씩이라도 진보 개선되었다는 예는 없었습니다. 헛소리였습니다. 그리고 이것은 당연합니다.
원래 이 나라의 문화 정책의 용도는 관료의 미결함(未決函)에 권위를 준다는 것뿐인데, 거기에 건의한다는 것은 미결함을 보고 경례를 하는 것이 됩니다. 그 지극한 넌센스.

청춘 발산을 억제하지 말라

저것이 진짜다

그렇게도 쾌활하고, 언제 보아도 밝고 명랑한 표정이었던 민 군.

단란한 가정에서 자라 고생이라고는 모르고, 시키는 대로 공부 잘하고 또 구김살 없이 놀기도 하던 민 군. 그 민 군의 슬픈 소식을 우리는 어느날 아침에 들었습니다. 그는 자살했습니다.

그 원인을 우리 친구 일동은 가족에게 묻고 가족은 되려 우리에게 물었습니다. 그러니까 이렇다 할 원인 하나 캐내지 못했던 것입니다. 그는 왜 자살했을까. 아직 아무도 추측조차 못하고 있습니다. 그러나 그 원인이 무엇이었든 그의 자살은 은폐될 수 없다는 것은 무엇일까. 나는 일단 그의 다정한 친구였다는 입장을 떠나서, 객관적으로 그러니까 전체적 사회적 입장에서, 그의 자살의 원인을 풀어 볼 생각입니다.

수개월 전 '폭력자'라는 미국 영화를 보았을 때에 나는 청춘이라는 것을, 아니 '한국의 청춘'이라는 것을 통감한 일이 있습니다.

그 영화를 보면 수십 명의 청년들이 오토바이 수십 대를 빠른 속도로 굴리고 있는 장면이 나옵니다. 그 뭇 오토바이들의 질서있게 달리는 급속도, 그리고 그것을 굴리는 청년들의 정열적이고 패기에 넘치는 자세 등등, 그 장면은 참으로 청춘이라는 이름을 멋있게 상징하고 있었습니다. '저것이 진짜다'라고 나는 가슴속으로 아프게 되뇌이고 있습니다.

'한국에서 우리들의 청춘은 결코 청춘이 아니다. 이름만의 청춘, 따라서 비정상적인, 청춘이 아닌 청춘, 그것이 우리의 것이었다' 이와 같은 형편 없는 잡념이 그때 나의 가슴을 치고 있었습니다.

오토바이와 막걸리의 차이

나의 나이는 작년에 스물아홉, 그러니까 금년에 서른입니다.

'나는 나의 이십대라는, 일반적 개념에 의하건데 청춘의 십 년을, 무엇으로 소일했던가?' 이같은 회한이 무거운 불가피한 짐이 되어 나의 정신을 압도했습니다.

청춘이라는 인생의 한 시기를 일정한 개념 밑에 단정하기는 어려운 노릇일 것입니다. 그러나 인생은 반드시 청춘을 전제로 하지 않으면 안 될 시기입니다. 이와 같은 청춘에 대한 나의 생각은 이미 무수히 발표된 청춘에 대한 찬미에 비하면 아주 어리석기 한량 없는 견해일 따름일 것입니다.

이 청춘을 우리는, 그 우리 중의 하나인 나는, '한국 안의 청춘'을 어떻게 지냈는가. '폭력자'라는 영화 속의 그 청춘은 우리들이 지내온 청춘과 너무나 거리가 멀었습니다. 미국의 그들에게의 오토바이 대신에

102

우리들의 청춘의 도구는 싼 술에 지나지 못했습니다. 누가 말했듯이 한국 대학생들의 유일한 과외 활동은 막걸리 마시는 일이었습니다. 물론 이것은 나의 주위에 국한된 현상에 지나지 않을지 모릅니다. 그러나 이 막걸리라는 청춘의 도구는 비교적 한국의 보편적인 현상이 아니었던가 생각이 됩니다.

오토바이와 막걸리의 차이, 이것은 참으로 너무나 큰 차이가 아닐 수 없습니다. 오토바이는 청춘의 도구로써 그 청춘의 정상적인 감정을 나타낼 수 있겠지만 막걸리는 청춘의 정상적인 감정을 삐뚤게 했지 유익한 발로는 아니라고 생각합니다.

그러나 오토바이와 막걸리의 비유를 결코 선진국과 후진국의 차이로 변명할 수는 없습니다. 다만 청춘이라는 인생의 가장 핵심적인 한 시기를 지내는 그 수단과 방법으로써 건강한 것과 비건강한 것을 따지고 있을 뿐입니다. 미국에도 술은 있습니다. 그러나 미국 청년들의 청춘은 술이 아니라 술 이외의 딴 것으로 그들의 청춘을 발산하고 있는데 유독 한국의 이십 대는 술 아니면 그들의 청춘의 감정을 발휘하지 못했다는 것은 무엇일까 하는 것입니다. 한국 청년들의 싼 술 - 그것은 한국 청년들의 싼 술이 아니라 한국 전체가 마신 싼 술이나 다름이 없습니다.

청춘의 장벽

이렇게 이 글을 쓰고 있는 나의 가슴에 왕래하는 한 구절의 시가 있습니다.

"저쪽 죽음의 섬에는 나의 청춘의 무덤도 있다"하는 니이체의 말입니다. 그의 청춘의 무덤을 죽음의 섬에서 찾고 있는 니이체의 울부짖음은 가난한 나라 한국 청년들의 공통된 감정이 아닐까 합니다. 한국이라는 한국 청년들의 조국은 왜 술만 마시게 했을까.

술이 아니라도 좋습니다. 댄싱, 스포츠, 사랑. 이러한 지엽적인 청춘의 방법을 부려서 적당히 청춘을 발휘한 청년들이 있다는 것도 알고 있습니다. 그럼 '한국의 청춘'이 다른 나라의 청춘에 비해 억울하고 괴로운 청춘이었다는 것은 부정될 리 없습니다. 그 책임은 어디에 있을까. 우리들 자신의 책임이었을까. 인색하고 못나서, 혹은 청춘의 진정한 뜻을 몰라서 우리는 억울하고 괴롭게 우리들의 황금기를 희생한 것일까.

그것은 아닙니다. 정상적인 청춘의 발로를 막아내는 힘이 워낙 컸기 때문입니다. '한국, 그 자체가 우리들의 청춘의 일대 장벽이었다'라고 나는 항변하지 않을 수 없습니다. 한국 전체를 위해 지르지 않으면 안될 항변입니다.

왜?

4·19 혁명의 주동체는 학생입니다. 4·19 사태는 '한국'이 지금까지 억제해 온 청춘의 비정상성을, 그 왜곡성을 때려 부수고 그 정당성을 비로소 발휘한 역사적인 사실입니다. 만일 그 나라의 청춘이 정상적으로 그 본연의 상태를 지속한다면 그것 앞에서 굴복하지 않을 것은 없습니다. 인생과 대결하는 청춘이란 바로 이것입니다.

여태껏 한국의 청춘을 음성적으로 억압해 온 녀석들이 왜 한국의 청춘을 억압하지 못했을까를 생각한다면 나의 항변이 결코 이십대만을 위한 항변이 아니라는 것을 깨닫게 될 것입니다.

그것은 여하튼 청춘은 결코 강제적으로, 의타적으로 억제될 성질의 것은 아닙니다. 그것이 가지는 '에너지' 발산 도구는 싼 술이라고 아까 나는 말했습니다. 모든 순간적 향락이 반사회적 동태, 미래에 대한 무계획성, 모랄의 상실 이와 같은 일에 속하는 일은 '싼 술'이나 다를 것이 없습니다. 우리가 4·19 전에 그런 짓을 왜 하지 않으면 안 되었던가를 밝히려면 우리를 억제해 온 지금까지의 '한국'을 고발하지 않으면 안 됩니다.

역사의 악조건

낙랑 공주, 선화 공주, 바보 온달, 황진이의 일생, 이 도령과 춘향 등의 이야기를 안다면 한국의 역사는 우리 민족의 청춘을 거의 비극적으로 끝맺게 하고 있음을 알 수가 있습니다. 대체로 보아 우리 민족은 청춘에 대해 불감적이라고 해도 괜찮을 것 같습니다.

한 오십 년 전까지의 우리 나라 가족 제도의 그 봉건성, 그 속에서 키워질 청춘이란 우선 비극적이 아닐 수 없었습니다. 그러니까 우리의 청춘은 민족적 전통이라는 코뚜레를 이미 차고 있었던 것이나 다름이 없습니다.

여기에 또 근대기 한국의 기형성이라는 불행한 사태가 한 민족의 청춘을 슬픔에 잠기우게 하고 말았습니다. 일전에 하도 자랑을 하기에 평론가 조연현 씨 집에서 2, 30년 전 우리 나라 유행가의 녹음을 들은 일이 있습니다.

'황성 옛 터에 밤이 드니…', '타향살이 몇 해던고…', '이수일과 심순애의 양인이로다…' 이와 같은 유행가는 그 가사나 곡조가 처량할 따름이지 청춘의 표현이라고 할 하등의 건덕지도 찾아 낼 수가 없었습니다. 이것은 무엇을 의미하고 있는 것일까.

단순히 당시의 망국조 때문이라고 하기에는 너무나 불쌍한 청춘의 발로입니다. 그러나 3·1 운동이나 광주 학생 운동과 같은 집단적인 행동으로 표현된 청춘의 '에너지'는 있습니다. 그렇지만 그것은 개개인의 청춘이 결합된 것이 아니라 '민족의 청춘'이란 좀 추상적인 것입니다.

그동안에 또 두 차례의 전쟁을 겪고 6·25를 거친 역사적 격류는 우리의 무거운 정신의 부담이 되어 청춘은 다만 잠재적일 수밖에 없었습니다. 그러니까 우리의 역사적 환경이 벌써 우리의 청춘을 간접적으로 억제하고 있었던 것입니다. 그러나 이것은 그 누구의 책임이라고 할 수 없는 일입니다.

4·19 이전의 우리의 청춘은 그 역사적 잠재성 이외에도 여러 가지의 사회적 조건으로 말미암아 더욱 기형적으로 되어 갔습니다.

이승만 씨의 정부는 젊은이들에게 명령만 했지 그들을 조금이라도 이해하려고 하지 않았습니다. 반공이라는 절대 정권 밑에 강제된 정신은 자유를 잃게 했고, 뿐만 아니라 자유의 회구조차 죄악시 되었습니다. 경제적 악조건도 우리의 청춘을 그냥 두지는 않았습니다. 취직난, 곤궁, 이러한 현상은 청춘을 압살합니다. 댄싱이나 스포츠와 같은 것을 수단으로 청춘을 발산할 수 있었던 청년은 극소수에 지나지 못했을 것입니다. 싼 술의 필연성은 여기에도 있습니다. 우리의 최저한도의 수단 방법으로 고귀한 때를 허송하고 있을 때에 사오십 대의 늙은이들은 그들의 돈으로 미희를 끼고 비싼 술을 마시고 춤을 추고 '요새 청년들이 어찌

구 저쩌구'했던 것입니다. 한국의 청춘을 망치고 그 청춘의 발산을 억제하고 청년들로부터 청춘을 탈취하고 오히려 자기 수중에 넣은 무리들에게 지금 심판이 내리고 있습니다.

사회의 죄악

현실적으로나 정신적으로나 그 한국은 이렇게 우리들의 청춘에 상처를 입혀 왔습니다. 따라서 우리가 청춘을 발산한다는 단순한 이 일이 사실은 지난지사(至難之事)였던 것입니다.

사회에 대한 반발, 전체에 대한 반항, 좀 더 구체적으로는 청춘의 발산은 일대 모험이 아닐 수 없게 된 것입니다.

그리하여 우리는 차라리 청춘을 포기하는 버릇을 지녔던 것입니다.

여기에서 청춘에 대한 우리들 자신의 문제가 떠오릅니다.

어떤 시기에 우리가 청춘을 비정상적으로 발산했다면 그것은 곧 우리들이 사회적으로 악조건에 굴복했다는 것이 됩니다. 우리들 자신이 우리의 청춘에 책임을 지지 않는 상태 - 그것은 4·19 전의 우리들의 상태였다고 해도 과언이 아닙니다. 단순히 사회적 조건 여하에 모든 책임을 전가하고 속수무책이라는 것은 따라서 비열한 행위일 따름입니다.

그러한 비열한 상태는 비사회적 행동, 모랄에 대한 불신, 심지어 범죄를 저지르는 결과를 가져 온 것입니다.

범죄에 의해서 청춘을 발산하는 것은 스스로 그 청춘의 이름을 더럽히고 모든 청춘 남녀의 정당한 발산까지 더럽히는 것입니다.

이러한 불찰에 대하여 우리는 반성하지 않으면 안 될 것입니다.

우리들의 청춘을 어떠한 사회적 환경의 악조건 속에서라도 끝까지 지켜나가겠다는 근본적인 태도만 서 있다면 우리는 얼마든지 우리들의 청춘을 발산하고 부끄럽지 않을 것입니다. 그렇게 부끄럽지 않은 청춘을 발산하려면 우리는 어떻게 하지 않으면 안 되는 것일까.

사랑과 우정, 헌신과 열정 이러한 청춘의 특권이 반드시 사회적 반항이라는 의식을 갖추지 않으면 안 된다는 법은 없습니다. 그러나 그런 줄 알면서도 우리의 그러한 일들의 사사건건 모조리 사회적 마찰을 불러일으키는 것은 물론 우리들 자신의 책임도 크지만 근본적으로는 사회적 결함에 있다고 보는 것이 옳습니다. 한 사람의 청춘의 발산은 개인적인 행동입니다. 그 개인적인 행동을 사회라는 집단이 일일이 간섭하고 있다는 것은 사회의 죄악입니다. 그 사회의 죄악 때문에 우리들 청춘은 금이 가고 파멸되었던 것입니다.

사랑은 청춘의 상징

4·19는 그러니까 우리들의 청춘의 복권 운동이었습니다. 직접적인 사회적 죄악은 그 뿌리를 뽑았습니다. 몇십 년 동안이나 눌렸던 음성적, 잠재적 청춘이 쌓이고 쌓여 포화 상태가 되자 터져나간 것입니다. 우리는 앞으로는 민족의 청춘이 음성적, 잠재적이 되지 않게 하기 위한 사회를 건설하는데 전력을 기울여야 합니다. 지금 현재로는 '우리들 청춘의 그 가장 정당한 발산의 대상 아닐까'라고 나는 생각합니다. 산화한 백 수십 명의 우리들의 동지들은 앞으로 있을 민족 청춘의 기념비입니다. 그러나 이와 같은 가슴 아픈 기념비를 다시 세우지 않기 위해서 지금 우리들의 청춘은 바쳐져야 할 것입니다. 지금 현실적으로 그와 같은 일에 투신하고 있는 동지들의 많은 동향을 나는 알고 있습니다.

그렇다고 '정치적이어라'라는 것은 결코 아닙니다. 정치를 위해 그의 청춘을 바치는 경우도 있습니다. 그렇지만 청춘의 본래의 자세는 '정치적'이 아닌 것입니다. 좀 더 무상적인 것입니다. 정치를 위해 바쳐지는 청춘보다 아름다운 한 여성을 위해, 그리고 믿음직한 한 남성을 위해 바쳐지는 청춘이 보다 더 솔직하고 보람있다고 생각됩니다. '사랑'은 청춘의 상징이요, 그 별입니다.

대체로 한국의 청년이나 젊은 여성들은 사랑에 대하여 말하는 일에

소극적입니다. 그것은 아까 말한 우리 민족의 역사적 배경의 탓도 있고 그 일반적 성격이 내성적인 탓도 있겠으나 나의 생각으로는 용기가 없는 까닭입니다. 전선에서 적을 죽이는 용기보다는 '사랑의 고백'에 소요되는 용기가 더 어렵다고 누가 말한 것처럼 우리들의 이 용기의 결핍은 우리들 자신의 책임과 능력의 문제입니다.

다시 복권한 우리들의 청춘은 사랑에 대하여 적극적이어야 합니다. 싼 술에 팔려가는 청춘보다는 사랑을 위해 발산되는 청춘이 정상적이요, 옳은 일입니다.

더욱더 많은 우리들의 청춘의 발산법이 앞으로의 '한국의 청춘'을 빛낼 것입니다. 그것은 각자의 문제요, 누가 간섭할 성질의 것이 아닙니다. 청춘에는 평균치라는 것은 없습니다.

민 군은 왜 죽었을까. 그것을 지금 말할 때가 왔습니다. 청춘의 발산이 완전히 억제되었던 이십 년 전의 사회적 상태에서는 자살조차 청춘의 발산의 한 방법이 될 수 있었던 것이 아니었을까? 그러니까 민 군의 죽음은 청춘을 억제해서는 안 된다는 그 가장 비극적인 산 증거가 아닐까?

결혼을 전제하지 않은 연애론

춘향적 여성을 배척한다

한국의 고전적 여성의 상징처럼 된 춘향에 대하여 최근의 젊은 세대들은 비교적 관심이 적지 않을까 생각한다. 기질로 봐서나 성격으로 봐서나 춘향은 요새 말로 너무나 비현대적이다.

현대인이 현대적인 사물에 매력을 갖는 것은 당연지사이다. 일편단심이라는 사고 방식 그 자체는 별로 나무랄 데 없는 사고 방식일 지도 모른다. 그러나 춘향의 비현대적 성격 가운데서 으뜸가는 것은 '자아'라고는 하나도 없다는 점이다. 아마 그와 같은 여성이 오늘 살고 있다면 현대의 이 도령들은 아마 거들떠보지도 않을 것이다.

여성에게 있어서의 '자아'란 자기 자신이 아무에게도 구애되지 않는 인간으로서의 자유를 발판으로 구성되지 않으면 안 된다.

물론 이 자유가 일약성의 자유로 비약한다면 사고다. 현대의 여성들에게 사고가 많이 일어나는 현상은 그와 같은 경향 때문이겠지만 그 사고를 무서워하여 춘향전 여성에 여성의 가치 기준을 둔다면 빈대를 잡기 위해 집을 태우는 우거(愚擧)에 지나지 못한다.

현대인은 특히 최근의 젊은 세대는 지적이고 자율적이고 주체적이다. 만일 이 3요소가 건전하게 구비되어 있는 청춘 남녀 간의 연애라면 어찌 사고에 끝날 것인가.

112

톨스토이의 「부활」의 네푸류도프는 카츄샤와 결혼하려고 한다. 그러나 그의 이 결혼에 대한 결심은 다분히 그의, 그녀에의 비도덕적인 관념의 소산이었던 비정상적인 연애에 대한 반성이 섞여있다. 네푸류도프의 간청을 물리치고 나이 많은 상인과 결혼할 뜻을 말한 것은 그녀의 총명이 아닐까 생각한다. 만일 결혼했다면 어떻게 되었을까. 아마 틀림없이 젊은 귀족은 또 다른 연애 끝에 사고투성이가 되었을 것이다.

「적과 흑」 쥬리앙.소렐의 경우도 그렇게 말할 수 있지 않을까.

결혼이라는 장벽이 없었던 들 레나르 부인을 저격할 필요도 없었을 것이고 사형 선고를 받을 필요도 없었을 것이다. 그에게 그런 사고가 있게 된 원인은 그의 보나파리스트적인 야심을 그의 연애나 결혼에 의해 충족하려는 불순에도 있지만 달리 생각하면 연애가 결혼의 전제가 되지 않으면 안 된다는 그의 시골뜨기 관념이 더 큰 원인이 아니었던가 생각한다.

이것은 반드시 억지 논리는 아니다. 당시의 귀족들의 일반적 경향은, 연애대로 적당히 인생을 즐기고 있었던 것이다.

'연애는 결혼의 전제가 아니라' 라는 명제는, 그러나 어디까지나 그런 귀족적 향락을 전제로 하는 명제는 아니다.

변모하는 연애관

　현대의 젊은 세대들의 연애를 색안경을 쓰고 보기 좋아하는 구태의
연한 늙은 세대들의 최대의 결함은 그들 자신이 과거의 우거를 젊은이
들에게 치환해 놓기 좋아한다는 점이다.
　연애는 결혼의 전제가 아니라는 말은 연애가 결혼의 전제가 되어서
는 안 된다는 말과는 엄연히 다르다.
　예를 들어서 한 젊은 청년이 또 한 젊은 아름다운 여성과 열렬한 사
랑 끝에 결혼하여 평생토록 다복하게 산다고 하자. 이런 경우는 이 번
잡한 인생의 하나의 기적이 아닐까. 결혼에 대하여 번민해 보지 못한
기혼자란 아마 전무할 것이다. 그러나 전기한 예가 있다고 가정해도 그
런 경우의 결혼은 다만 하나의 형식에 불과하고 실질적으로 그것은 그
들의 연애의 연속이라고 할 수 있다.
　구세대 사람들의 구악에 유래한 색안경이란 다름이 아니라 그들의
연애에 대한 개념이 비교적 향락적 색조를 띠고 있다는 데 있다. 향락
에 치우친 연애 행위를 경계하는 것은 좋은 일이다. 그러나 더 경계해
야 할 것은 일방적 관념에 의해 인생의 가장 중대한 일을 속단해 버린
다는 것이다.
　대체로 연애나 결혼과 같은 인생의 미묘하고 복잡한 사상에 어떤 종

류의 것이든 강박 관념이 제재하는 것은 우선 타당한 일이 아니다. 연애는 결혼의 전제가 되어야 한다는 것은 일종의 강박관념이 아닐 수 없다. 많은 사람들의 진실한 연애가 불행으로 끝나는 것은 이 강박 관념 때문이라고 하지는 못할 지 몰라도 어떤 작용력을 끼친다는 것은 능히 있을 수 있다.

현대의 젊은 세대들의 결혼의 전제가 아닌 연애란 물론이지만 그들이 연애지상주의적 정신의 소산이 아니라는 것도 강조해야 될 일이다. 그들은 전(前) 세기적인 낭만주의자라고 하기에는 너무나 리얼리스트들이요, 리얼리스트라고 하기에는 또 너무나 현실 타산가들이다. 그들이 서로 물심양면으로 손해 보는 슬로건을 내세울 리가 없다.

최근의 대학생들에 대한 여론 조사에 의하면 거의 3분의 2가 연애는 결혼의 전제가 아니다 쪽을 지지했다고 하는 것은 무엇을 말하는 것인가. 이것은 단순히 최근의 대학생들이 하나의 정신적 취미의 반영에 불과한 것이 아니라 이 나라의 연애관, 결혼관의 엄청난 변모상을 나타내고 있는 것이라고 보아야 할 것이다.

현재까지의 이 나라의 일반적인 연애관이나 결혼관을 한마디로 집약하여 말할 수 있을 만큼도 정연하지 못하다는 것은, 이 나라의 연애 일반이나 결혼 일반이 그만큼 정연하지 못했다는 것을 반증하고 있는 것은 아닐까. 젊은 세대의 이 경향은 그러니까 그러한 무질서와 구태의연한 성격에 대한 건전한 저항이라고 볼 수도 있다고 해서 그들이 연애나 결혼을 부정하는 것은 결코 아닐 것이다.

결혼은 성교 행위일 뿐인가

결혼을 전제로 하지 않은 연애라는 말은 그러나 한편으로는 인류가 몇 천년 간 부동의 제도로 고수해 온 결혼 제도에 대하여 다소 경시하는 일면이 없는 것은 아니다. 현대 세계가 떨어져 있는 불안이나 절망의 영향으로 말미암아 현대인은 모든 것에 대한 집착력을 상실하였는지 모를 일이다.

미국의 비이트 족이나 영국의 앵그로영맨이나 그들의 정신적 기질은 20세기적 일반 문명에 대한 회의요, 부정이다. 그들은 연애나 결혼에 대한 존엄을 헌신짝처럼 내동댕이친다. 이것은 반드시 그들만의 정신적 생태가 아니다. 문명이 발달한 나라일수록 이혼이 많아지는 것은 왜일까. 연애나 결혼에 대해서 보다 더 그 기본이 되는 것의 문제에 관심을 기울이는 현대의 풍조는 현대가 여러 분야에서와 같이 결혼 제도의 기초를 뒤흔들고 있다는 것을 말하고 있다. 크게 보면 20세기는 하나의 위대한 전환기가 아닌가. 전환기 시대의 사람들은 제도나 질서에 대해서보다는 자기의 자의식이나 본질에 의존하게 된다.

인류의 역사는 잡혼 시대니 모계 가족 시대를 기록하고 있다. 그 당시에는 결코 연애와 결혼이 분리되어 있지는 않았을 것이다. 연애가 곧 결혼이요, 결혼이 곧 연애였을 것이다. 따지고 말한다면 그것은 연애도 결혼도 아니고 성교에 지나지 못하는 행위였을 것이다.

그것이 결혼 제도의 확립으로 말미암아 결혼과 연애는 서로 따로 떨어져 나간 것이다. 인류 개개인의 모든 비극의 원인은 연애나 결혼을 싸고 돈다. 결혼 제도 자체가 쉽게 변모될 리 없겠지만 그러나 그 개념은 상당히 변모되어왔고 앞으로도 변모를 거듭할 것이 틀림없다.

그러한 시대적 경향성은 별개의 문제로 한다고 하더라도 우리의 생명이 적나라하게 부르짖는 일 앞에서 우리가 흑종의 관념의 장난 때문에 마이너스가 된다면 그 관념은 버려지지 않으면 안 된다.

그러한 시대적 젊은 세대를 위험시하고 있다. 결혼을 전제로 하지 않는 연애를 지지하는 젊은 세대를 아주 문란하고 위험한 불장난으로 보고 있고, 일반적으로 피상적으로 그렇게도 보이지만, 사실은 어느 쪽이냐 하면 건전한 사고 방식일 것이다.

우선 무시되었던 자아를 발견한 것이요, 나를 위해서 만들어지지 않는 기존 권위에 만족할 수 없다는 이야기다.

무시 당했고 계산에서 늘 빠져있었던 자아를 이제는 그런 테두리에서 벗겨내자는 이야기인 것이다.

　루소가 말한 '자연으로 돌아가라' 는 말도 따지고 보면 현대적인 의미로 젊은 사람들의 그와 같은 견해와 부합해서 생각할 수 있을 줄 믿는다.

　자연은 원시적인 그런 자연이라기보다 인간 본연의 자연을 의미하는 것이 아닐까 한다. 도덕이니 윤리니 하는 기존율에 억압되는 일 없이 순수한 자아의 자연대로 살겠다는 의욕일 것이다.

　연애는 결혼을 전제로 해야 한다는 말은 어디까지나 누군가가 만들어낸 기존적인 풍속 습관인 동시에 우리의 머릿속에 고질화 된 관념일 뿐이지 절대는 아니다.

　여태까지 무조건 순종해 왔고 복종해 왔었는데, 그래서 잠 속에서 꿈을 꾸듯하고 있었는데 이제 잠에서 꿈에서 깨어나기 시작했고 비로소 자기 자신을, 자기의 위치를 발견하기에 이른 것이다.

우리는 자유의 몸이다

　그러나 또 한가지 잊어서는 안 될 일은 필자가 아까 말한 지성과 자율성과 자아의 문제가 있다. 필자는 이 지성과 자아를 건전하게 살릴 수 있는 사람이라면 우리들의 연애나 결혼에 사고는 별로 없는 것이라고 말했으나 D.H 로렌스는 '현대인은 사랑할 수 있는가' 라는 글 가운데서 현대인은 신앙심의 결핍과 자아의 집착 때문에 서로 사랑할 수 없다는 말을 한 적이 있다.

신앙심의 문제는 덮어둔다 하더라도 자아 때문에 서로 진심으로 사랑할 수 없다는 말에는 일리가 없는 것은 아니다. 우리 일반의 자아 의식 과잉은 확실히 사랑이라는 고전적 개념을 깨뜨리는 행위를 속출케 하고 있다는 것이 사실이다. 하여튼 이 자아 의식 과잉은 진실한 사랑이 없는 연애, 연애 감정 없는 결혼과 같은 현상을 우리에게 초래시키고 있는 것이다.

우리가 진실로 원하는 것은 연애나 결혼을 다같이 보다 더 진실하게 이끌어 나가는 방법론이다. 우리의 이 자의식 과잉이 빚어낸 사랑의 결핍이라는 결과를 초극해 나가려면 어떻게 하지 않으면 안 되는가. 사랑 없는 연애라는 아이러니한 정신에 연유된 것이다.

춘향이에게는 이 자의식이 없어서 매력이 없다고 했지만 우리는 이 자의식 때문에 인간의 보다 적나라한 생명력을 상실해 가고 있다면 사실은 어느 쪽이 매력이 더 없는 것이 되는가.

최근의 젊은 세대들의 결혼의 전제 아닌 연애 지지가 사라져 가는 그 인간의 적나라한 생명력에 대한 향수라면 좀 억지 논리겠지만 그러한 정신이었으면 더욱 좋겠다.

　우리는 자유의 몸이다. 이 자유에 의해 전개되는 인간의 모든 행위를 억압하는 어떠한 선입 관념은 부셔버려야 한다고 해서 비이트 족처럼 극단적으로 되는 것도 패배적이 아닐까.

내가 좋아하는 작가

1

나 자신부터가 그랬고, 그 한 사람이었으나 밤마다 우리는 잠들 수가 없었다. 당연히 잠들었어야 할 그 시간에 너무도 심야의 죽음 같은 고요 속에 우리는 남아 있었다.

영시가 지나가고 있었다. 한 시가 넘고 두 시가 넘고 네 시가 다 되었는데, 그래도 우리에게는 잠이 오지 않았다. 밤마다의 불면.

일주일 간의 일 개월 간의, 이 불면의 불변(不變). 그러다가 일 년 간. 이제 우리에게는 잠자야겠다는, 우리에게 있는 마지막의 '휴식 시간의 원'도 없어진 것 같다. 우리는 우리에게 자기 자신에게 물어야 한다. '우리는 왜 잠들 수가 없는가?' 육체의 전부 혹은 일부에 인위적인 자극이나 타격을 가하지 않으면 우리는 잠들 수가 없던가.

어젯밤에, 오늘밤에, 내일에, 자꾸만 이렇게 잠들지 못했다가는 우리는 한 사람도 남김 없이 다 죽어갈 것이 아닐까. 우리는 왜 이렇게도 잠들 수가 없는가. 이렇게 물어야 하는 것이다. 그 불면의 이유를. 그 이유의 출처를.

타인의 사정을 내가 알 리는 없다. 내가 아는 것은 나의 사정, 나의 상황, 나의 이유다. 심야에 혼자 남은 나는 가만히 그냥 그대로 있는 것이 아니었다. 막연한 대로나마 나는 전날 일을 뉘우치고 있었고, 그날

일을 깊이 돌이키고 있었고, 내일에 대한 설명하기 곤란한 공포감을 포착하고 있었다.

지난 일 년 간에 내가 저지른 죄와 악이, 일 개월 전에 범한 나의 가공할 오해가, 오류가, 한꺼번에 내 두뇌의 가장 중요한 곳을 습격하여 왔다. 그럴 때의 나의 후회 통곡이나, 나의 파멸…. 이래서 나는 잠들지 못하였다. 그러므로 나의 불면의 이유는 내가 밤에, 나의 과거, 현재, 장래를 언제나 후회나 통곡이나 파멸감이나, 이런 종류의 자기 실망으로써 의식하는 거기에 있는 것이다. 그러면 나는 왜 또 실망감에 의지하지 아니하며 어떤 과거도, 어떤 현재도, 나는 나의 불안정한 장래가 부단히 동요하고 있다는 사실을 지나치게 잘 안다.

내가 이런 일련의 사실을 지나치게 잘 안다는 이점에 나의 자기 실망감의 실체가 숨어있는 것이다. 나의 주체성은 그러니까 나의 인간성은 다만 일순간에도 나의 과거, 현재, 장래의 어떤 한 점상(點上)에서도 안주하고 휴식하고 인간성 자체의 고요한 때를 설정하고 할 수가 없었다는 이 놀랄만 하고도 엄숙한 모든 사실이 나의 자기 실망감의 근원이었다. 말을 바꾸면 나의 과거, 현재, 장래가 내 인간성을 포기하려고 드는 반인간성적 상황이었다는 것이다. 나의 이 단정은 일방적일까?

나는 그렇게 생각하지 않는다.

2

그리하여 우리는 잠들지 못했다. 그러나 다시 한번 생각해 보면 우리의 불면의 이유가 우리의 주위 생활 환경이 비인간성적 상황이었다는 그 사람만에 있는 것이 아니라는 것을 알게 된다.

만약 우리가 우리 주위의 반인간성적 상황에 속절없이 굴복해 버리고, 우리의 주체성과 인간성을 전면적으로 타협하고 그 반인간성적 상황 속에 융합해 들어간다면 우리는 얼마나 안식할 수가 있는 것이며 안면할 수가 있는 것일까? 그러한 사람은 많다. 참으로 많다. 정신적인 일절의 것에서 멀리 있는 사람들은 정말이지 그들은 조용하게 아니 좀 빠르게 잠들 수가 있었고 그들의 잠은 달콤하다. 그러나 이 사람은 사람일까, 인간일까. 반인간성적 상황 속에 융합한 그들 인간성의 전부를 타협한 그들은 정녕코 인간이 아니다.

문자 그대로 반인간성적 존재다. 반인간인 것이다. 그리고 우리 주변 환경을 반인간성적 상황을 노출하고 있다는 사실은 그러한 반인간이, 동물이 얼마나 많은가 라는 데 있는 것이다. 그러므로 우리의 이 '우리'는 인간성을 아직도 사수하고 고집하는 인간성 옹호자로서의 우리다. 그러니까 우리의 불면의 더 정확한 이유는, 우리가 아직도 우리의 인간성을 사수하고 있다는 여기에 있는 것이다.

우리의 불면은 우리 자신의 인간성이 우리 주위의 반인간성과 서로 반발하고 배척하고 결과적으로 말하면 싸우는 시간이었던 것이다.

3

어느 날 밤에도 나는 그 싸우는 시간을 격렬하게 체험하고 있었다. 그러다가 생각하였다. '가부리엘 마르셀'을, 그의 사상을. 세상에서 그를 기독교적 실존주의자라고 한다.

내가 그날 밤에 가부리엘 마르셀을 상기한 것은 그러면 그의 그 새로운 것 같은 사상의 심연 때문이었을까. 아니다. 나는 그때 맹렬하게 잠들려고 애쓰고 있었다. 나는 잠들기 위하여 나를 잠들도록 한 것 같은 전부를 일으켰던 것이다. 모두가 내게로 왔다. 그러나 다 나를 잠들게 할 수는 없었다. 전연 무력하였다.

그때 마르셀 생각이 난 것이다. 그 순간 가부리엘 마르셀을 내가 상기한 것은 그의 진귀스런 사상의 심연 때문이 아니라 잠들기 위해서였다. 그러니까 가부리엘 마르셀에게는 우리를 잠들게 하는, 잠들게 할 수는 없어도 잠들지 못하는 때의 우리 정신의 고통을 조금은 어루만져주고 덜하게 해 주는 그런 '인간성 옹호의 무기'가 있다고 할 수 있는 것이다.

   그 가부리엘 마르셀의 '인간성 옹호의 무기'란 그러면 무엇일까?

4

   그것을 말하기 전에 아니 그것을 더 잘 알기 위하여 나는 사르트르의 그 '인간성 옹호의 무기'에 대하여 말하고 싶다. "현대의 대다수 작가는 다 그 작가 대로의 '인간성 옹호의 무기'를 하나씩은 가지고 있는 것이다. 다만 그 무기가 허상의 무기는 아닌가, 선사 시대의 무기거나 무력한 무기가 아닌가에 따라 그 작가의 개성적 의미는 깊어지기도 하고 천박한 것이 되기도 하는 그것뿐이다."

   실존주의적 사상이라는 일정한 최소 부분의 공통점 위에 서 있는 마르셀과 사르트르와의 두 무기에는 같은 면과 다른 면을 띠고 있기는 하지만 서로 그 특점을 더욱 명백하게 특징 짓고 있는 것이다.

   요약하자면 사르트르의 입각점(立脚點)은 '사실 자체'를 그의 존재 자체에 이르는 방법으로 한다는 데 있다. 사실 자체에 대한 총력적인 노력, 그 사실 자체와 다른 사실 자체와의 본질 파악이라는 방법을 고수하는 사르트르의 현대적 특수성이 무신론적 가장을, 이상 폐기를 초

125

래시킨 것이다.

생각하면 이것은 무서운 일이다. 보다 나은 인간성을 구축한다는 불안정한 작업이 오늘의 인간성을 부정한다는 이 무서운 모험.

이것은 모험이 아니고 무엇인가? 사실 자체 주위가 없는 그것 대로의 일절의 관계를 단절하여 설립하는 사실 자체, 예를 들면 '사르트르 자신이 있을 수가 있는가' 가 성립될까.

가부리엘 마르셀은 사르트르의 그 방법이 '제 2의적(二義的)이다' 라고 말하며 '제 1의적 그것은 사실 자체가 아니고, 사실 자체의 하나가 다른 하나에게 관계하는 이 관계다' 라고 지적한다.

교사가 없는 사르트르, 이웃이 없는 사르트르, 친구가 한 사람도 없는 사르트르, 대화할 상대자가 없는 사르트르, 이런 사르트르는 벌써 사르트르일 수가 없다고 마르셀의 사상은 암시 한다.

사르트르의 존재 이유는 사르트르 자신에 있는 것이 아니고 사르트르와 타인과의 관계 속에서만 있다고 명시한다. 이 관계를 성립시키는 최대의 유대는 실로 우리들 인간의 최대 공약수로써의 인간성이다. 그러므로 인간과 인간과의 여러 형식의 제관계가 아직도 끊이지 않고 계속되고 있는 것은 우리들의 희망이다. 이 관계에 대하여 우리는 '우리의 전부를 바치고 헌신하는 것이 우리들의 유일한 방법이다' 라고 마르셀의 사상은 알려 준다.

그리하여 마르셀은 인간과 인간을 연결하는 그 관계 가운데 보다 낳은 최고의 관계는 애정이라고 말한다. 특히 이성간에 불러 일으키는 절대 설명할 수 없는 생명감의 발로로서의 연애, 여기에 우리들의 이 세계에 할 일과 희망이 있고 내일이 있다고 할 것이다. 사르트르의 사실 자체에 고집할 것도 마르셀의 관계에 고집하는 것이다. 우리의 자유는 최저 의미로서의 자유다.

5

L에게, 나는 오늘밤에 이런 글을 쓰고 있습니다. 엉터리 같은 글을 인용도 없이 아무런 실제 배경도 없는, 그러나 나는 알고 있습니다.

나는 내가 잠들기 위하여 당신을 생각하다가 자는 것과 마르셀의 그 관계가 사람을, 잠자지 못하는 사람들의 생명과 인간혼을 지키는 유일한 방법으로서의 그 관계와 일치했다는 것을.

이제 나도 잠들 수가 있겠습니다.

시인 천상병

천상병을 찾아서

민영 시인이 평하는 천상병

1

1970년 겨울의 일이었을 것이다. 시인 천상병이 갑자기 우리의 곁에서 모습을 감추었다. 서울에 있는 그의 오랜 시우(詩友)들 사이에는 적지 않은 동요가 일어났다. 그가 이 시대의 빼어난 시인이기 때문이기도 했지만 웃을 일이라곤 별로 없었던 당시 우리에게 가끔 통쾌한 웃음을 선사해 주던 유능한 장난꾼이요, 어릿광대요, 논객이었던 기인 한 사람을 잃어버렸기 때문이다.

그래서 우리는 곧 파발을 놓아 천상병의 행방을 뒤쫓기 시작했다. 그가 발 붙일 만한 곳이라면 서울의 명동이나 종로 외에 부산의 남포동밖에는 없을 것이므로 부산에 있는 친구들에게 편지를 띄워서 천상병이 어디에 숨어있는지 알아봐 달라고 한 것이다.

그러나 부산에서 온 회답은 천상병이 부산에도 없다는 것이었다.

얼마 전에 병이 나서 길가에 쓰러진 그를 서울 친구들이 업어서 병원에 데려가 응급 치료를 받게 한 다음, 고속버스에 태워 그의 형님이 계시다는 부산으로 내려 보냈으니 천상병은 응당 부산에 있어야 할 터인데 부산에도 없으니 서울에서 찾아 보는 게 빠르지 않겠느냐는 전갈이

왔던 것이다. 참으로 난감한 일이 아닐 수 없었다. 친구들은 조바심이 났지만 기다리기로 했다. 전에도 가끔 장난을 친 예가 있었기에 이번에도 두 주일쯤 기다리면 나타날 것으로 예상했던 것이다. '용용 죽겠지' 하면서. 그러나 천상병은 해가 바뀌어 71년 봄이 되었는데도 나타나지 않았다. 대수롭지 않게 생각하던 시우들 사이에는 날이 갈수록 비관적인 추측이 나돌았다.

"죽지나 않았을까?"

"아냐, 죽을 리가 없어. 천상병이 어떤 사람인데? 불사신이야! 불사신."

"그래도 누가 알아? 돈도 없고, 배도 고프고, 병이 나 한없이 떠돌아 다니다가 우리도 모르는 곳에서 쓰러졌는지…?"

"하기야 그래. 천상병은 주민등록증도 없을 테니 죽어도 알아낼 사람이 없을 거야."

그러자 이제까지 천상병에게 수없이 당한 친구들까지 이 '요절한(?) 천재 시인'에게 동정의 뜻을 기울이기 시작했다.

"참 안됐어. 시집 한 권 못 내고 세상을 뜨다니"

"언젠가 막걸리 값으로 천 원을 달라는 걸 못 준 적이 있는데 후회가 되는군."

"천상병은 그가 지닌 재능에 비해 너무나 평가받지 못한 시인이라고."

"개자식들! 도대체 선배들은 뭣하고 있는 거야? 자기네 졸개들의 시집을 내주어 문단 정치나 하려고 들면서 천상병 같은 훌륭한 시인의 시집은 내주려고도 안 하잖아!"

"천상병의 시가 매스컴의 월평란에 언급된 일이 있었다면 내 손에 장을 지져라."

"그러고 보니 시를 쓴다는 것이 얼마나 허망한 일인 줄 이제야 알 것 같군."

이리하여 시우들 사이에는 이 대접 받지 못한 불행한 시인을 위해서 유고시집이라도 한 권 엮어 주어야겠다는 여론이 형성되었다.

"그건 그렇고 천상병의 시를 누가 모으지?"

"그거야 자네가 맡아서 해야지."

"자네는 뭘 하구?"

"나야 책 낼 때 약간 도와주면 되잖아? 촌지지, 촌지."

"촌지, 그것 좋지. 나도 촌지다."

생각느니, 아, 인생은 얼마나 깊은 것인가.

– '소릉조(小陵調)' 1절

2

여러 친구들로부터 '천상병 시 모으기 청부'를 맡은 나는 이때부터 갑자기 바빠지기 시작했다. 개중에는 "당신 시집이나 낼 생각을 하지, 그 술주정꾼의 시는 모아서 뭣 하려오?"하고 점잖게 나무라며 안쓰러움을 표하는 사람도 있었지만 일단 맡은 일이라 중도에 그만둘 수도 없었다.

'한데 이 떠돌이 모주꾼의 시들을 어디에서 찾아낸다?' 요새 같으면 해마다 발표된 작품의 목록이 수록된 문예연감 같은 것도 나와 있을 터이나 당시에는 그런 것도 없었으니 출판된 지 오랜 잡지나 동인지 따위를 찾아 보는 수밖에 없었고 그런 책도 한 군데에 모여 있지 않았으므로 시간 나는 대로 국립 도서관을 찾아갔다.

또 보관본이 갖춰져 있다는 잡지사로 찾아가 직접 뒤지기도 하고 옛날에 나온 책을 가지고 있다는 친구에게 베껴줄 것을 당부하기도 했다.

이렇게 찾아 다니기를 서너 달, 마침내 60편 정도의 천상병의 시가 모였다. 읽어 보고 또 읽어 보아도 천상병은 역시 탁월한 서정 시인이었다. 이런 시인이 왜 그토록 오래 푸대접과 무명의 그늘에 묻혀 슬픔을 겪어야만 했을까 하고 생각하니 누구라는 대상도 없이 울컥 화가 치밀었다.

나 하늘로 돌아가리라.
새벽빛 와 닿으면 스러지는 이슬 더불어 손에 손을 잡고
나 하늘로 돌아가리라.
노을빛 함께 단 둘이서
기슭에서 놀다가 구름 손짓하며는,
나 하늘로 돌아가리라.
아름다운 이 세상 소풍 끝내는 날,
가서, 아름다웠다고 말하리라….

- '귀천(歸天)' 전문

외롭게 살다 외롭게 죽을
내 영혼의 빈 터에
새 날이 와, 새가 울고 꽃잎 필 때는,
내가 죽는 날
그 다음날
산다는 것과
사랑한다는 것과의 노래가

한창인 때에
나는 도랑과 나뭇가지에 앉은
한 마리 새
정감에 그득찬 계절
슬픔과 기쁨의 주일,
알고 모르고 잊고 하는 사이에
새여 너는 낡은 목청을 뽑아라.
살아서
좋은 일도 있었다고
나쁜 일도 있었다고
그렇게 우는 한 마리 새

- '새' 전문

'백문이 불여일견'이란 이와 같은 경우를 두고 한 말일까? 저 50, 60년 대의 거짓부렁과 허장성세의 시대에 천상병의 위에 든 두 편의 시 이상으로 자기의 심경을 솔직하게 아름답게 노래한 시가 있다면 손들어 보라! - 나는 그렇게 외치고 싶었다.

3

　시는 가까스로 모았으나 책 내는 일이 쉽지 않았다. 70년대 초는 매우 애매한 때여서 독자들은 시집을 거들떠 보지도 않았다. 그 일차적인 책임은 시인들에게 있는데 당시의 우쭐거리던 시인들은 시를 자기 혼자만이 알고 남은 알아듣지도 못하는 이상야릇한 글로 만들어 버렸기 때문이다.

　그것은 50년대 이후 이 땅에 태풍처럼 밀어닥친 외국 문학 사조의 영향 때문인데 주지주의니 실존주의니 또 무슨무슨 이즘이니 하는 걸맞지 않는 외제 기성복을 재빨리 갈아입은 낮도깨비 시인들의 시는 저널리즘의 각광을 받았으나, 그밖의 순정한 서정시들은 맹물같이 무미하다고 무시 당하기 일쑤였던 것이다. 그러한 때에 천상병의 시가 환영받을 리 없었고 오직 가짜들만이 판을 치는 난장판에서 밀려서 천대를 받을 수밖에 없었다.

　그러자 이러한 비정상적인 작태에 대해서 독자들이 먼저 예리한 반응을 보여 왔다. 먹고 살기도 힘든 세상에 '귀신 씨나락 까먹는' 도깨비의 주문 같은 시를 누가 읽겠느냐는 무언의 제재를 가해왔던 것이다. 그래서 시집은 출판사의 '팔리는 책'의 목록에서 추방 당하게 되었고, 시집이란 오직 시인들끼리만 주고받으며 나눠보는 책으로 전락하고 말

았다. 당시에는 이 나라의 방귀 꽤나 뀌는 시인들도 시집을 선뜻 내주
겠다는 출판사가 없었으니 자기 자신을 망각한 외래풍 시의 공해가 얼
마나 심했는지 추측할 수 있으리라. 그런 때에는 어느 것이 옥이고 어
느 것이 돌인지 분간이 안 갈 참이었으므로 이거 정말 큰일났구나 싶
었다. 차라리 천상병의 시 모으는 일을 맡지 않았으면 이런 곤욕을 치
르지 않아도 됐을 터인데 이제는 오갈 데 없이 발목을 잡힌 꼴이 되었
으니 정말 한심했다.

그래서 나는 전에 촌지를 내겠노라던 친구들의 호주머니를 기대해
보았고, 그 무렵 '어떤 거룩하신 분'의 출자로 가난한 시인들의 시집을
내준다는 기획적인 출판 사업에도 기대를 걸어 보았으나 모두 허사가
되고 말았다. 촌지 운운하던 친구들은 생활이 넉넉치 않으니 말을 꺼내
기가 어려웠고 거룩하신 분 쪽의 기획은, 시는 어떤지 모르겠으나 천상
병이란 작자가 마음에 들지 않는다는 회답이었다. 하기야 천상병은 오
나가나 그들을 골탕먹이고 세금(?)을 뜯어냈으니 이는 그 이름만 들어
도 넌덜머리가 났을 법이다.

그래서 얼마 동안 출판사를 찾아서 미친 듯이 헤매던 나도 지쳐버렸
고 별수 없다. 이제는 내 호주머니라도 털어서 예전에 나온 「명심보감」
처럼 활자를 빽빽하게 박아 그의 시집을 내는 길밖에 없겠다는 결론에
도달했다. 어차피 천상병은 죽어서 없는 사람이고 그동안 고생한 것이

억울해서 시집을 안 내진 못하겠고 뒤에 올 후배들을 위해 이런 시인도 있었노라는 증거나 남길 수 있도록 자료집 스타일의 시집을 내고자 했던 것이다. 바로 그러한 때에 한 갸륵한 독지가(?)가 내 그물에 걸려들었으니 그가 바로 시인 성춘복이다. 그는 내가 하도 애태우며 돌아다니는 걸 보고 안타까웠던지 자기도 넉넉치 않은 주제에 선뜻 시집 출판을 맡겠노라고 나섰으며 기왕이면 대한민국에서 제일 가는 시집을 내겠다고 장담을 했다. 그 결과 1971년 12월에 저 유명한 천상병 시집 「새」가 출간되었는데 그 책은 우리 문학 사상 일찍이 보지 못하던 호화판 시집이었다.

여기서 잠깐 그 시집 뒷면에 실린 김구용이 쓴 발문을 소개하겠다.

내 말이 들리는가

이 사람아. 서울 친구들은 그대가 영남에 가 있거니 하고 그새 병환은 좀 어떤가 궁금해 했지. 그런데 집에서는 또 서울에 가 있거니 하고 처음은 믿었던 모양일세.

병든 그대가 행방불명이라는 소문이 간혹 내 귀에 들이더니 요즈음은 '혹 세상을 떠나시지나 않았을까' 하는 풍문이 나돌고 있은즉 도무지 믿어지지가 않네.

그대는 평범한 상식으로 따질 수 없는 일화를 많이 남긴 주인공이지만, 또 그 장난기로 어디에 숨어서 나 같은 사람의 하찮은 시름을 가가대소하는가. 그러지 말고 어서 나오게. 무던히도 때를 타지 않던 마음아. 비범하고도 천진무구한 웃음을 다시 친구들에게는 강에 뿌려졌다지만 그대가 전례 없는 승천을 하실 리 있나. 그러실 리 있나.

지난 늦여름에 송영택 씨가 나에게 연락하기를 몇 친구가 그대 시집을 내려고 준비 중인데 그대 작품이 게재된 잡지를 가졌거든 베껴 줄것과 비용이 부족해서 호화 장정은 못할 형편이니 제자(題字)나 써 달라기에 하동호 씨에게 청하여 그대 시 몇 편과 산문 한 편을 베껴 받아전한 일이 있었네.

그 뒤 소식이 없기에 알아 봤더니 그간 최해운 씨가 심려했으나 결국시집은 나오지 못하고 말았더군.

민영 씨가 각 방면으로 모았던 그대의 시 60편(미발표 작품까지)을이번에는 성춘복 씨가 보다 못해 나서서 맡아 가지고 서둘러 상재하기에 이르렀으니 김영태 씨가 그대 초상을 그리고 정인영 씨와 김시철씨가 여러모로 돌봐 주었네. 이 사람아. 여러 친구들이 그대의 모든 작품을 이처럼 아끼는데 책이 나와야 꼬옥 오려는가.

이 사람아. 우리는 부산 피난 때에 서로 알았잖나. 이형기 씨나 박재

삼 씨가 써야 할텐데 나도 그대의 오랜 친구들 중의 한 사람이라서 여기에 몇 말씀을 다니 미안하네. 부끄럽네. 욕심으로 말하면 그대 평론도 산문도 다 수록하고 싶었던 만큼 아쉬움이 없지 않으나 그건 이후에도 할 수 있는 일이라 미루기로 했네.

이 사람아. 내 말 들리는가. 모두 보고 싶어하네. 글쎄 왜 그러나, 그러지 말게. 그대 노여움을 풀어 드려야지. 그대는 책이 나오기까지 수고한 여러 친구들에게 정리로도 감사하는 말을 해야 하지 않나. 간청일세. 어서 대답 좀 하게나. 잊지 못할 사람아.

4

시집 「새」가 나오자 그것은 얼마 동안 장안의 화제거리가 되었다. 행방불명이 되어 생사를 알 수 없는 병든 시인의 시를 가난한 시인들이 힘을 모아 출판했대서 떠들기 좋아하는 신문은 연일 박스로 기사를 내보냈고, 텔레비전과 라디오 방송도 내가 질소냐 하고 보도 경쟁에 뛰어들었다. 무시당한 채 찬물만 삼켜 오던 천상병은 하루 아침에 유명 시인이 되었으며 이제 그의 명성에 이의를 제기하는 것은 불경스러운 일까지 되고 말았다.

그러자 홀연 어디선가 '천상병 시인은 죽지 않고 살아 있소' 하는 소식이 들려 왔다. 다른 곳도 아닌 국립 정신병원에서였다.

"그렇다면 천상병이 정신병자라도 됐단 말인가?"

"그게 무슨 소리야. 천상병이 정신병자가 되다니. 그런 소릴랑 꿈에도 하지 말게."

이리하여 성춘복과 몇몇이 그 진위를 확인하려고 정신병원으로 달려 갔는데 그 보고에 의하면 놀랍게도 천상병은 불사조같이 되살아나서 병원 침대에 앉은 채(일설에 의하면 오줌을 못 가려 기저귀를 차고 있더라나?) 그 만이 가진 특유의 까치웃음을 웃고 있더라는 것이다.

이젠 몇 년이었는가
아이론 밑 와이샤쓰같이
당한 그 날은…
이젠 몇 년이었는가
무서운 집 뒷창가에 여름 곤충 한 마리
땀흘리는 나에게 악수를 청한 그 날은…
내 살과 뼈는 알고 있다.
진실과 고통
그 어느 쪽이 강자인가를…

내 마음 하늘 한편 가에서
새는 소스라치게 날개 편다.

  - '그날은' 전문

  시인 천상병은 이제 우리 문학사에서 지울 길 없는 영광의 자리에 올라있다. 그를 괴롭히던 냉대와 푸대접도 그 이후부터 자취를 감추었고 친구들에게 손을 벌려 막걸리를 사 마셔야 했던 절대적인 가난도 지금은 어디론가 숨어 버렸다. 그리고 정숙하고 생활력 있는 희생적인 아내(목순옥 여사)까지 그 곁에 있다.
  돌이켜 보면 불과 18년 전의 일이지만 나에게는 한 시대 전의 일같이 느껴진다. 부디 그가 건강을 회복하고 좀더 의젓하게 아름다운 만년을 보내기를 바랄 뿐이다.

아름다운 운명

김훈 기자가 쓴 천상병

풍경이 아름답게 퍼진 것은 인류의 운명이다.

  - '시냇물가. 2'의 첫행

천상병의 마음이나 체취의 조각들에 관하여 말해야 하는 것은 나의 지극한 고통이다. 그의 표정이나 목소리, 그의 어법, 그의 걸음걸이, 그의 웃음, 그의 음색, 그의 밥 먹는 모습, 그의 조는 모습, 그의 집, 그의 음악, 그의 신발, 그의 옷, 그의 얼굴, 그의 눈꼽, 그의 입가의 침버캐, 그의 주머니 속의 천 원짜리 두 장, 그의 선글라스…에 관하여 말하는 것은 그의 시에 관하여 말하는 것보다 훨씬 더 고통스럽다. 무구한 것들은 인간의 말에 의하여 훼손되거나 엉터리로 규정되지 않는 지복(至福)을 누릴 권리가 있을 터인데, 천상병의 웃음소리와 그의 입가의 침버캐와 그의 주머니 속의 천 원짜리 두 장이 그러하다. 그것들이 모두 합쳐져서 이루어지는 천상병은 '백치 같은'이라고 말해야 할 무구함과, 이 세상을 향해 자기 자신을 완벽하게도 열어버리는 놀라운 개방성 위의 자유인이다. 그는 그 개방성과 무구함 위에서 다만 자유롭지만 바라보는 나에게는 그 자유는 멸종 위기의 자유이고, 멸종 위기의 슬픔이다.

그의 주저앉은 눈꼬리와 비틀린 입술. 똑같은 말을 고래고래 소리질러 거듭 되풀이하는 그의 어법은, 때로는 고도로 집중된 정신의 힘을 느끼게 하지만 그의 집중과 동시에 그 집중을 완벽하게 풀어헤쳐 버린다. 그의 표정이나 말투뿐 아니라 그의 어떤 시들 속에서도 집중과 풀어짐은 동시에 발생하고 있다. 나는 그처럼 시와 인간이 일치하는 시인을 본 적이 없다.

　내가 일하는 회사는 한국일보사이고 천상병의 부인 목 여사가 경영하는 '귀천(歸天)' 카페는 인사동이다. 걸어서 가면 10분쯤 걸린다. 점심이 지난 오후 시간에 그 카페에 가면, 거기서 가끔 천상병을 만날 수 있었다. 나는 한 큰 시인의 표정을 곁눈질하려는 천박한 저널리즘의 호기심이나 근성으로 그 카페에 가지는 않았다. 별볼일 없이 다 떨어진 삶이 이다지도 피곤할 수가 있을까. 이 피로는 무슨 잘난 지향성을 위한 피로인가.

　그런 막막함을 감당하기 어려울 때 나는 때때로 그 카페에 가서 천상병을 만났다. 아니 다만 그를 쳐다보기만 하고 돌아올 때도 있었다. 천상병의 웃음소리는 늘 지향점조차 불분명한 내 피로를 향해 '헤쳐버려라' 고 말하는 듯 싶었다. 그의 웃음은 나의 피로를 위로하는 것이 아니라, 그것을 무화(無化)시켜버리는 것이었다.

　그는 미리 설정된 아무런 장치가 없이 세상을 바라본다. 그가 그렇게 세상을 바라보는 눈의 꼬리에 한 점의 눈꼽이 끼어 있다. 천상병 풍으로 말한다면 천상병에게 그 눈꼽의 의미를 물어도 절대로 대답하지 못한다. '똥걸레 같은 지성은 썩어버려도 세계와 천상병의 눈 사이에 긴이 한 점 섬과도 같은 눈꼽은 어떻게 좀 안 될 지 모르겠다(문장 중 인용 부분은 그의 시 '한가지 소원' 중에서). 세계가 운명적으로 내포하고 있는 울음과 한 생애의 가난에 대하여 그가 얼마나 단말마의 신음과 절규로 그가 대항해 왔던 것인가를 나는 안다.

> '누가 나에게 집을 사주지 않겠는가? 하늘을 우러러 목터지게 외친다. 들려다오 世界가 끝날 때까지… 나는 結婚式을 몇 주 전에 마쳤으니 어찌 이렇게 부르짖지 못하겠는가?… 집은 보물이다. 全 世界가 허물어져도 내 집은 남겠다……'

> - 내 집' 중에서

나는 이런 시행들을 자본주의 논리로도 사회주의 논리로도 해석할 수 없다. 나는 다만 천상병 눈가의 눈꼽을 통해서만 이 시에 가까이 갈 수 있다. 그 눈꼽은 무구한 것들의 힘으로 절규하거나, 절규받아야 할

대상을 무구한 것들의 힘으로 찍어버린다. 얼마 전에 나는 돈 좀 있어 보이는 한 출판업자의 술값으로 천상병과 함께 향기로운 미희들이 우글거리는 요정에 간 적이 있었다. 내 운명 감정에 따르면 그것은 그에게나 나에게나 팔자에 없는 노릇이었다. 요정으로 가는 뒷골목에서 나는 요정과 팔자 사이의 무관계성을 천상병에게 말했다. 그는 무척이나 서운하고 분했던 모양이었다.

"야, 이놈아! 요정이 네 팔자에나 없지 왜 내 팔자에 없겠느냐? 있다! 있다! 있다!"라고 천상병은 요정 입구에서 소리소리 질렀다. 소리치는 그의 입가에 침버캐가 매달려 있었다. 그와 내가 신선로를 사이에 두고 마주 앉았고, 향기로운 두 미희가 우리들 곁에 하나씩 차고 앉았다. 요정이 평생 처음이라고 소리치는 천상병은, 그러나 한평생 요정에서 굴러먹은 자들도 감히 넘볼 수 없는 허탕함으로 잘 놀았다. 그는 음식을 입에 대지 않았다. 그리고 그는 여자의 손을 잡았다. 그는 그의 야윈 어깨를 수그려, 머리를 여자에게로 가까이 하고, 지극한 정성으로 떨리는 손길을 뻗어 여자의 손을 잡았다. 여자들은 초장부터 천상병의 표정과 체취, 말투에 질려 있었다. 천상병은 침버캐가 매달린 입술을 내밀어 여자의 손등에 입맞추었다. 그는 경이에 찬 눈으로 여자를 들여다 보았고, 그의 삭정이 같은 손을 뻗어 요정 여자의 고데한 머리를 만졌다.

여자는 질겁을 하면서 엉덩이를 움츠려 물러났다. 천상병도 엉덩이를 움츠려 여자를 따라갔다. '요놈! 요놈! 요놈! 요 예쁜 놈!' 천상병은 여자를 들여다보면서, 양천대소하면서, 그렇게 소리소리 질렀다.

'요놈! 요놈! 요놈!' - 이 외마디 비명 세 토막이야말로 아름다운 것들, 또는 무구한 것들, 스스로 저 자신일 뿐 다른 아무것도 아닌 것들, 살아서 움직거리는 것들을 향해 내뱉는 천상병의 마지막 절규이다. 이 절규 앞에서 요정의 사회경제학과 자본주의의 도덕과 자본주의의 부도덕은 함께 무너져야 싸리라. 천상병의 '요놈! 요놈! 요놈!'은 온 세상이 '앗' 할 사이도 주지 않고 세상의 아름다움을 정조준으로 겨누어 그대로 찍어버린다. 그는 술을 마시지는 않았다. "나에게 술을 마시게 하려면 내 마누라의 결재를 받아오라. 그러나 맥주 두 잔은 마시겠다. 맥주 두 잔은 이미 결재된 주량이다"라고 말했다.

지난해 그가 간질환으로 춘천 도립병원에서 입원 치료를 받고 난 후, 그의 부인 목 여사가 그의 하루 주량을 맥주 두 잔으로 언도했는데, 그는 단 한번도 그 언도량을 위반한 일이 없었다. 술은 나 혼자서 마셨다. 내가 아주 알맞은 취기에 젖어있을 무렵, 천상병의 '요놈! 요놈! 요놈'은 요정의 술판을 완전히 재패하고 있었다. 그는 그 자리에서 또 자신의 선글라스 이야기를 들려주었다.

나로서는 한 열 번쯤은 들은 이야기였다. 그러나 천상병에게는 지나간 열 번의 이야기는 늘 무효였으며 그것은 언제나 새로운 이야기였고,

나는 앞으로도 열 번 이상이라도 더 그같은 이야기를 새롭게 경청하지 않으면 안되리라. 그가 지난 봄날 선글라스를 장만했다. 그를 따르는 한 시인 지망생이 사다준 싸구려 선글라스였다. 그 선글라스를 말하는 천상병의 얼굴은 늘 지복, 그것이었다. 여름에 선글라스를 끼어보니까. 머리를 뚫어버릴 것처럼 맹렬하던 그 잔혹한 햇빛이 봄날의 아지랑이처럼 순해지고, 이 세상이 살기에 알맞은 온도와 습도 속에서 부드러워지더라는 것이 그 행복의 내용이었다.

"너도 선글라스 하나 장만해라. 참 좋다. 선글라스 참 좋다! 참 좋다! 참 좋다!" - 이것이 언제나 되풀이 되는 그의 선글라스 이야기의 종결구이다. '참 좋다'를 세 번 되풀이 할 때 그의 입가에는 '요놈!'을 세 번 되풀이 할 때처럼 늘 침의 버캐가 매달려 있었다. 그의 부인 목 여사가 함께 있는 자리라면 목 여사가 손수건을 꺼내서 어린 아기의 코를 닦아 주듯이 그것을 닦아주지만, 부인이 없는 자리에서는 부인이 아닌 나는 그의 침버캐를 닦아줄 수 없다. 나는 다만 한 장의 휴지를 그의 앞에 내밀 뿐이다. 그러면 그는 또 외친다.

'괜찮다! 괜찮다! 괜찮다! 다 괜찮다!' 세상의 사랑에 대한 그의 긍정이 시가 될 수 없는 몇 토막의 외마디 절규로 처리되고 끝나버리는 것이, 진실로 '괜찮은' 일인가. 나는 거기에 대답하지 못한다. 아마도 천상병도, 당신들도 대답하지 못할 것이다. 속된 저널리스트의 눈으로 보

149

기에 이미 돌이키기 어렵게, 한 부분이 망가져있는, 내 사랑하는 저 시
인이 다시 시의 긴장을 회복할 수 있을 것인가. 나는 질문 자체를 거두
지 않으면 안 되리라. 그런 생각을 하고 있는 내 뒷골을 천상병의 청동
같은 고함이 찍는다. '괜찮다! 괜찮다! 다 괜찮다!'
　천상병의 얼굴 위에서 그의 눈꼽과 침버캐는 아름답게도 퍼져 있었
다. 그것이 그의 운명이다.

나의 문학 나의 시

나의 시작(詩作)의 의미

시작(詩作)의 의미를 대체로 밝히겠다. 한 편 한 편의 시작 노트를 지면 관계로 모두 쓸 수는 없지만 전체적인 시작 과정을 쓸 수 있다. 나는 시를 '문학의 왕'이라고 생각한다. 문학이라고 하면 장르도 많다. 소설도 있고 아동문학도 있고 희곡도 있고 가지가지다. 그런데 시는 그 중에서도 으뜸이라는 것이다.

시는 가장 진실하다는 것이다. 거짓말하는 시는 시가 아니다.

시는 가장 진실의 진실이다. 우리는 진실을 떠나서는 살 수 없다.

기쁨도 진실의 의미이다. 나는 웃음을 좋아한다. 김주연이라는 평론가는 시평에서 나의 시를 두고 웃음이 안 나올 수 없다고 평했다. 웃음이 나는 시를 일부러 쓴 적이 없지만 그래도 유모어를 감각할 수 있는 모양이다. 여러 독자들이여, 우리는 진실을 위하여 살고 있다. 인생의 진실은 여기저기에 깔려 있다. 이것을 표현하는 것이 시이다. 시를 읽고 짜증을 낸다면 그 시는 가짜이다. 나는 이런 시는 쓰지 않았다. 되도록 인생의 참뜻을 알리려고 했다.

나는 시를 단시간에 쓰는 편이다. 그러나 쓸 때만이 단시간이지 그 시를 구상하는 데는 많은 시일이 걸린다. 한번 착상을 하면 이렇게 쓸까, 저렇게 쓸까 하고 많은 시일이 걸린다.

시작 노트는 그 시의 생명이다. '이렇게 되어서 이 시가 생겼소' 하고 말하는 것은 쉬운 일이 아니다. 그것은 본질을 말하는 것이기 때문이다.

나는 시를 인생의 본질이라고 말했다. 우리는 한가지 일에 충실해야
한다. 그래서 우수한 작품이 만들어질 수가 있는 것이다. 나는 아이가
없어서 그런지 더욱 고독하다. 이 고독을 극복하자면 자연히 든든해야
한다. 그러자면 자연히 굳세어야 한다.

　그래서 언제나 센 마음으로 이 인생을 솔직하게 대하고 굳세어야 하
는 것이다. 굳세자니 책을 많이 읽어야 하는 것이다. 책을 많이 읽는 것
뿐만 아니라 생각도 많이 하기 마련이다. 그래서 여러 가지 생각을 해
야 한다. 그래서 시와 가깝게 지내고 있다. 가깝게 지내자니 자연히 시
와 관계가 많아진다. 그러니 시인이 된 지도 모른다.

　시인인 내가 조심해야 할 것은 아무것도 아닌 가치 없는 일에 사로잡
히는 것이 걱정이다. 되도록 인생에 큰 무게를 주는 사실에 치중하여
그것을 시에 반영해야 하는 것이다. 나는 고독해야 하기 때문에 언제나
음산할 수밖에 없을 것이라고 생각하기 쉽지만 그렇지 않다. 하느님이
계시기 때문이다. 나는 하느님을 믿는다. 하느님은 나의 절대한 존재이
다. 나는 고독할 때면 언제나 하느님을 생각하고 고독해지지 않으려고
한다.

　그러니 어떻게 생각하면 언제나 고독하지 않다고 생각할 수도 있다.
내가 시에서 무고독을 생각하는 것은 일면의 진실이 있다. 우리는 언제
나 있는 하느님을 믿음으로써 고독하지 않다. 하느님은 언제나 나를 위

로해 주신다. 나는 언제나 시를 나의 생활 주변에서 찾는 것이 버릇이다. 생활 주변은 항상 시에 가득차 있는 것이다.

여러분도 똑똑한 눈으로 생활 주변을 보면 시가 구르고 있을 것이다.

생활은 넓다. 가만히 혼자 있어도 시는 있다. 눈을 뜨고 있는한 시는 언제나 구르고 있는 것이다. 이것을 잡기만 하면 시는 태어난다. 나는 생활을 사랑한다. 하잘것 없는 일상에서도 무엇을 느끼게 하는 것은 많다. 이런 일상의 습성에서 나는 용케도 시를 잡는 것이다.

일상 생활의 하잘것 없는 물건이나 사건에서조차 시를 찾는 나는 풍부한 시적 소재를 잡은 것이다. 모든 것에서 많은 테마를 얻는다.

나의 가족이라고는 아내 단 한 사람뿐이고 쓸쓸한 편이지만, 모든 것을 사랑하라는 하느님의 말씀에 순종하는 나는 외롭지 않다. 너무 외로우면 시를 못 쓰는 것이다. 이거나 저거나 다 나와 무관하지 않다는 생각에 나는 행복한 것이다.

돈도 못 벌고 아내밖에 없는 내가 비교적 낙관적인 것은 이 때문이다. 생활은 복잡하지만 그래도 정신을 가다듬고 정리하면 아주 단순한 것이다. 생활을 단순하다고 생각하는 사람은 드물겠지만 나는 그 중의 한 사람이다. 시의 소재는 의미 있는 일에만 있는 것이 아니다. 아무렇지도 않은 일에서 나는 깊은 의미를 찾는 버릇이 있는 것이다.

하여튼 나는 나의 생활 주변에서 일어나는 모든 일에서 멋을 찾고 그리고 그것을 형상화한다. 하찮은 일이 나의 시가 되는 것이다. 될 수 있는 대로 나는 맑은 눈으로 생활을 직시하고 있는 것이다. 그래서 하찮은 것들에서 나는 시를 찾고 있다. 그래서 생활은 나의 시인 것이다.

나는 음악을 사랑하고 있다. 그것도 고전음악을 말이다. 그래서 나는 시를 쓸 때면 언제나 KBS의 FM방송을 틀고 귀를 기울인다.

이 방송은 하루 종일 고전음악을 방송한다.

음악 없는 나의 시는 생각할 수조차 없다. 아름다움은 시의 생명인 것이다. 세계는 복잡하다. 전쟁도 있고 평화도 있는 이 세계의 소용돌이야 말로 우리 생활 감정을 복잡하게 하지마는 정신만 똑바로 세우면 간단한 것이 된다. 그 영향이 생활에 미쳐지게 되는 것이다.

이런 세계적인 일에서 생활은 영향을 안 받을 수 없다. 이 영향 관계도 생활 속에 미쳐지고 있는 것이다. 그러니 생활을 직시하면 이런 것들이 모두 판가름나게 된다. 하여튼 생활을 직시할 일이다. 인생은 생활인 것이다. 인생의 진실이란 생활 안에 있고, 그리고 그 표적인 것이다.

내 옛날의 시에 '푸른 것만이 아니다' 란 시가 있다. 푸른 빛깔 속에는 푸른 빛깔만이 아닌 색깔도 있다는 시다. 그래서 나는 한가지 사물 속에는 한가지만이 아닌 것들이 있는 것으로 생각한다.

어쨌든 나는 나의 믿음과 생활이 내 시의 근본이라고 말했다. 이것은 곧 나의 시적 태도이며 근본인 것이다.

156

우리는 시를 읽으면서, 어렵다고 생각해서는 안 된다. 쉽게 판단해야 한다. 어렵다고 생각되는 시는 시가 아니다. 수필적으로 읽을 수 있는 시가 좋은 시라고 나는 생각한다. 사소로운 일에서 인생의 근본을 생각케 하는 것이 시다. 믿음과 생활은 시의 근본이라는 것이 나의 생각이다. 어려운 말이 개입할 여지가 나에게는 없는 것이다.

믿음은 절대자에 대한 신앙이다. 이 세계의 근본과 본질을 모르고 우리가 어떻게 살 것인가. 절대자가 있는데 어떻게 우리가 모른 체 살 수가 있겠는가?

믿음은 나의 인생의 최고의 원리이다. 이 원리 원칙을 빼고 어떻게 시를 쓸 수 있단 말인가. 나로 말하면 이 원리 없이는 너무나 무력한 존재인 것이다.

가난하고 불쌍한 시인이지만 나는 후회 없이 열심히 살고 있다.

사랑이야말로 인생의 행복인 것이다. 나는 가난하고 슬퍼도 행복하다. 나의 행복의 결과가 이 시집으로 태어난 것이다. 행복이란 다른 것이 아니다. 언제나 가슴 뿌듯하게 사는 것이 행복인 것이다. 사소한 일에서도 의미를 찾을 수 있고 그리고 기쁨을 느낀다면 그건 행복이다.

내가 그런 것이다.

4·19와 문화적 범죄

1

　고전음악을 위해 나는 4, 5년 간의 세월을 송두리째 바친 일이 있습니다. '스완 레이크'로부터 시작하여 '그레고리언 성가'에까지 더듬어 간 그 긴 세월을, 그러나 나는 조금도 후회하지 않고 있습니다.

　음악의 순수 예술성, 이런 땀냄새 나는 이유 때문이 아니라 그 기간의 내 자신의 절망적 상황 속에서, 그 최전선에서 그래도 나를 건져준 것이 바로 음악이기 때문입니다.

　브람스, 프랑크, 슈만, 모차르트, 바하 그리고 조금 현대의 시베리우스 등 내가 각별하게 사랑한 이름은, 문학사의 어떤 작가들의 이름보다도 더 정감적으로 지금도 같이 살고 있습니다.

　그 중에 베를리오즈도 아주 깊은 심취 정도는 아니었으나 한때 꽤 좋아 한 일이 있습니다. 그 무렵 베를리오즈에 관한 책(아마 전기물)을 읽다가 이와 같은 대목에 큰 흥미를 느낀 일이 있습니다.

　프랑스에서 민중의 혁명이 불같이 일어나고, 격노한 군중의 인파가 베르사이유 궁전으로 밀려 가는 아우성 소리를 들으면서 베를리오즈는 그의 대표작이라 할 수 있는 '환상 교향곡'의 마지막 부분을 작곡하고 있었습니다.

　이 낭만주의 작곡가는 정의와 자유를 부르짖는 군중의 아우성을 억지로 굳게 참고 들으면서 끝까지 마무리하였습니다. 그러는 동안에도 민중들의 행렬은 요란한 소리와 함께 계속되고 있었습니다.

그러다가 베를리오즈는 '환상 교향곡'의 마지막을 다 작곡하고 펜을 놓았습니다. 펜을 놓고 침착하게 오른쪽 서랍을 열어 그 악보를 넣고는, 왼쪽 서랍을 열어 그 곳에 두었던 권총을 집어 들고 그 성난 군중의 행렬 속으로 뛰어들었다는 것입니다.

이 이야기는 예술가 전부에게 '군중의 행렬'과 '그의 작품'과의 연대성의 음미를 덜어내는 관건이 될 수 있습니다. 베를리오즈의 '환상 교향곡'은 위대한 작품입니다. 그리고 이 '환상'은 프랑스 민족의 운명을 일백팔십 도 돌리는 현실의 격동기에 작곡되어진 것입니다.

베를리오즈의 낭만적 성격은 그 아우성에 피끓었을 것입니다. 그러나 그는 '그의 작품'이 다 끝날 때까지 그 행렬에 참가하기를 거부했습니다. '환상 교향곡'을 작곡하고 있을 때 그에게는 '군중의 행렬'보다 '그의 작품'이 더 중대한 것이었습니다. 그러나 '그의 작품'이 끝났을 때 감연히 즉각적으로 권총을 쥐고 '군중의 행렬'의 한 사람이 되었습니다. 즉 '그의 작품'이 끝났을 때 그는 정의와 자유를 부르짖는 평범한 프랑스의 한 시민이 된 것입니다.

한국의 작가들에게 이 이야기를 들려 주는 것은 정신의 고문입니다. 한국의 작가들은(나 자신도 포함해서) 4 · 19를 전후한 시기를 겪으면서

'그의 작품'도 없었고 '군중의 행렬'에도 없었습니다.

창피스러운 체면입니다. 그러나 더 창피스러운 일이 그 후에 하나 추가되었습니다. 4·19를 마치 저희들의 힘으로 수행한 것처럼 날뛰는 군중들이 머리를 들고 일어서는 것입니다. 나는 그들이 누구누구라고 굳이 밝히고 싶지 않습니다. 다만 그들이 불쌍할 따름입니다. 여하튼 왜 한국의 작가들에게는 지금 창피만 있는가 문제입니다.

그것은 '그의 작품'이 없기 때문입니다. '그의 작품'이 그에게 없는 것은 그의 정신에 '군중의 행렬', 즉 현실이 없기 때문입니다. 없는 것 투성입니다. 있는 것은 무엇일까?

속죄밖에 없습니다. 가장 큰 속죄의 제목은 무엇일까?

물론, 한국의 작가들의 정신에 왜 '군중의 행렬'인 현실에 정당한 위치를 잡지 못하는가 하는 제목의 문제입니다. 일전에 대학생들과 같이 한 자리에서 그들 중의 한 학생이 "한국의 작가들의 작품에는 너무 예언성이 없는 것 같다"는 말을 하는 것을 들었습니다.

"민족의 운명에 너무 무관심한 것 같다" 그런 이야기도 나오고 있는데 나는 그때 그 학생들의 말을 들으면서 괴테가 엑켈만에게 한 말이 새삼스럽게 떠올랐습니다.

"독일의 작가가 된다는 것, 독일의 순교자가 된다는 것이다."

2

4·19 이전의 한국 작가들의 현실관은(그 이후에도 별 차는 없지만) 고고(孤高)라는 관념에 의해 지속될 수 있었던, 바꾸어 말하면, 신비적인 비현실관, 즉 논리적으로 해설될 여지(자료나 행위)가 거의 없는 형편 없는 것입니다.

그러나 현대 한국 문학의 초창기의 작품들은 작품으로서는 현실적이라고 하기엔 어려울지 모르나 현실에의 의욕은 퍽 건강한 경향을 보이고 있습니다.

이광수의 「무정」이나 「흙」은 그런 경향을 나타내 주는 작품들입니다. 그러나 그것은 그 당시의 자연주의의 모방기의 부산물인 냄새가 코를 찌릅니다. 빈곤한 농촌을 그대로 표현한다는 것이 현실적인 것은 아닙니다. 그들에게 있어서의(현진건, 김동인, 박종화 기타 그 시대에 활동한 세대들) 현실은 가시적인 것에 국한된 데에 지나지 못했습니다. 따라서 그들의 문학관은 단순 명료하다고 하겠습니다. 계몽 의식이나 민족 의식을 발판으로 하는 문학관이란 현대 문학적 상식에 의해 설명되기에는 너무나 단색적인 것이 아닐 수 없습니다.

가시적 현실에 한정되었던 현대 한국 문학의 '현실'적 출항은 그 후의 지극히 필연적인 경로를 밟아 최근에 이른 것입니다.

그들 후 세대들은 다만 너무나 단일적이고 단순 명료한 전 세대(前世代)의 현실관에 대항하면 됐던 것입니다. 극은 극으로 이르는 것입니다. 그 가시적인 현실은 너무나 비가시적인, 신비적인 현실로 바뀌고 말았습니다.

이상(李箱)의 절규는 그 두 개의 극단을 한꺼번에 실제 체험한 안타까운 목소리였습니다. 그리하여 두 개의 극단적 현실이 그의 목을 졸라매고 말았습니다.

그 후에 전개된 현실의 양상은 일본의 무력 강점이 망할 때쯤 「문장」지 시대의 작품을 보면 역력하듯이 현실도피로 일관된 것입니다. 현실도피라고는 하지만 어떠한 작품도 현실적 인자가 없을 리 없습니다. 현실의 앙포르메가 역리적(逆理的)으로 회전하고 있었습니다.

이렇게 말하면 이런 책임을 전부 초창기 작가들이 져야 되는 것처럼 되지만 사실은 그런 것이 아닙니다. 한국의 역사 - 이것을 계산에 넣어야 합니다. 우리 나라에 한문자를 수입해 들어와서부터의 문화사는 '현실'을 탄압한 기록입니다. 신라의 국교, 불교는 종교의 필연성으로써 현실적이 아니었습니다. 삼천대천(三千大千) 세계니 하는 어휘는 비현실적인 피안의 세계입니다.

아마 신라나 고려의 문화인, 인텔리들은 그들이 사는 집값에 초연했을 것입니다. 집값이나 쌀값이 현실적이라기보다는 적어도 공리공론보다는 나을 것입니다.

그 뒤의 이 왕조 - 그 이후에도 해당되지만 - 의 유교 전성기에는 유교라는 반(半)종교 때문에 현실은 더욱 맥을 추지 못했습니다. 이 왕가의 유림들은 외우는데 천재들이었고, 기정도덕(既定道德)의 실천가들이었으나, 그러한 원인 때문에 필요 이상으로 또 현실을 사갈시했습니다. 후기의 실학파들의 손에 정말 손바닥만한 현실적 풍토가 쥐어졌으나 거대한 비현실적 조류 속에서는 조족지혈에 불과했던 것입니다.

그러다가 근대기에 접어들자 존경할만한 선구자들은 민족의 계몽자적 사명을 위해 이광수 정도의 구체적 현실을 소화하려 했으나 소화불량증에 걸려 또 엉뚱한 궁지로 몰아넣고 말았던 것입니다. 그것도 그들의 책임이라고만 못할 것입니다. 망국의 입장에서는 현실에 대해 말한다는 것이 확실히 고통이었기 때문입니다.

이렇게 생각한다면 8·15 이후의 한국 작가들의 고뇌는 동정 받을 만한 여유가 있기는 있습니다. 지금까지 역사의 거대한 비현실성이 그들의 정신의 근원에 걸려 있는 까닭입니다. 그러한 그들에게 8·15가 들이닥쳤다는 것은 민족사에 최초로 대현실이 출현한 것입니다. 그러나 이 대현실은 그것을 소화해야 할 정신의 근원에 깊이 잠재되어 있는 비현실성 때문에 정상적으로 그들 정신의 영양분이 되지는 못했습니다.

우수한 많은 작가들이 그들의 정신적 생리와 아주 딴판인 이데올로

기에 팔려 간 사실은 이것을 증명하고 있습니다. 그러니까 8·15라는 현실은, 서투른 운전사가 모는 자동차 앞에 돌연히 불쑥 나타난 나무와 같은 것이었습니다. 수습하기 어려운 정신의 고장을 수정하기도 전에 6·25의 비극이 터진 것입니다.

이 역사적 사실 뒤에는 독재라는 대단히 귀찮은 존재가 버티고 있었습니다. 그리하여 4·19 학생 의거가 비로소 한 민족을 정상 상태로 현실적이게 한 것입니다. 8·15, 6·25, 4·19, 이 일련의 역사적 사실을 정당하게 인식한다는 정신의 작용이 한 작가의 작품에 직접적으로 반영되기를 기대한다는 것은 좀 무리한 일입니다. 요컨대 한국 작가에게 있어서의 비현실성은 근원적으로는 그러한 여러 가지 요인의 집적(集積)에 그 원인이 있습니다. 그러나 그렇다고 이 원인으로 내가 그들의 죄업을 변명하고 있는 것은 결코 아닙니다.

3

어느 세대의 대중의 정신적 저변에 흐르는 시대적 진실성을 증명하는 의지의 결여, 이것은 4·19 이전의 작가 모두의 이마팍에 영원히 남을 문학적 죄의 표시입니다.

164

문학에 있어서 현실의 근본적 의의라는 문제를 떠나 이것은 작가의 문학적 양심의 최소한의 것입니다. 왜 그러한 의의를 증명하는 데에 주저했을까. 그들이 그 사실을 몰라서 그랬을까. 나 자신도 그랬지만 우리는 죄다 알고 있었다는 것이 사실입니다. 죄악뿐만 아니라 전사회적 현상 하나하나에 작가의 감각은 비교적 예민한 편입니다. 그렇다면 우리는 왜 침묵하고 있었을까?

4·19 이전의 한국 작가들의 침묵은 아마 한국 문학사의 한 페이지를 씻을 수 없는 오점으로 남길 것입니다. 왜 우리는 침묵하고 있었을까? 그 원인은 아까 말한 바와 같습니다. 그러나 그 직접적인 원인은 무엇일까? 그것은 섭섭하지만 우리들 전체가 한 시대의 민족적 양심을 배반한 것이라고 하지 않을 수 없습니다. 나는 문학의 정치성을 송충이보다도 더 기피합니다. 그러나 이것은 결코 문학의 공리적인 문제가 아닙니다. 현실에 대한 문학 기능의 문제도 아닙니다. 문학의 근본적 의미 그 존재 이유에 우리가 눈을 가린 것이었습니다.

물론 여기에는 아까 말한 바처럼 현대 한국문학이 현실적이 되지 않게 하는 역사적 장벽이라는 구실의 일면의 진리도 있지만 이런 구실로 우리들의 작가적 양식의 후한은 가라앉지 않을 것입니다. 그러면 우리는 우리들의 비현실적 성격을 어떻게 하면 극복해 나갈 수 있을 것인가 라는 내일의 문제와 결투하지 않으면 안될 것입니다.

"독일의 작가가 된다는 것, 독일의 순교자가 된다는 것이다"라는 괴테의 말은 현실에 대한 작가의 한계를 암암리에 나타내고 있습니다. 문자 그대로의 순교자가 아니고 정신적 순교라고 해석한다면 우리는 '한국의 작가'라고 하기에 대단한 용기가 필요할 것 같습니다.

　베를리오즈와 '그의 작품'과 '군중의 행렬'의 연관성은 그가 모든 의미에 있어서 '예술가'였다는 표정입니다. 현실관뿐만 아니라 우리는 우리의 문학적 존재 이유부터 반성할 계절을 맞이한 것입니다.

한국 초기 형성 문학의 공과

1

　노백발의 존엄성의 불가침. 옛날부터 내려온 이 동양 도덕의 빛나는 유구한 관(冠). 동양적 세계관을 여지껏 이어 온 핵심은 자연지고관념(自然至高觀念)이다. 동양의 관념이란 산이었다. 산에서도 숲이 보다 더 동양의 문화적 상징으로 인식되어 왔다. 그리고 그 숲에는 언제나 노인이 있었다.

　자연과 산, 숲과 노인이라는 이 질서는 동양정신 성립과정에 있어서 불가결한 질서였다. 동양정신질서 자체라고 해도 좋을 것이다. 이 질서의 존엄성은 동양인의 손톱 끝까지도 스며들어 갔다. 노백발 숭고는 동양인의 세계관의 변형이다. 그러므로 이 노인의 절대적 윤리율의 의의는 중시되어도 좋다. 역사상, 이 윤리율은 동양에서 가장 엄한 법으로써 절대적이었다. 오늘날에도 이 윤리율의 도덕적 권위는 그대로다. 그러나 그 반면, 이 윤리율의 의의는 감소한다. 이 이치에 맞는 율이 미덕이어야 하는 것은 그만두고 악독화되었으므로, 중대한 과업 실천에, 혹은 가치 판단에 이 윤리율의 잔재 관념이 부당하게 간섭하는 예를 우리는 많이 보았다. 이는 악덕이라 할 수밖에 없을 것이다. 그러나 이 윤리율은 동양도덕에서 너무도 압도적이었으므로, 오늘날에도 동양인의 정신적 생리 속에 깊이 스며들어 가서 잠재하고 있다. 행동하는, 표현하는 젊은 동양인의 자유를 방해하고 제약하고 구속하면서.

내가 이렇게 이같은 통속적 사실을 말해 온 이유는 지금부터 쓸 이 대가론에서 가급적이면 나의 자유를 보장하기 위해서다. 그러므로 나의 이 대가론이 현재 대가라는 사람들에 대한 무조건적인 존경 표명이 아닌 것은 당연하다. 불경일 수 있을 것이다. 그러나 감행해야 할 불경도 있다. '비교 발전을 위해서는 파괴하지 못할 법칙은 없다'라고 나는 수정한다.

한국사의 내일이 다른 아무것도 아니고 신진 작가의 오늘부터의 활동이라는 것은 어디까지나 정당하다. 기성 문단적 구질서를 파괴하고, 현대 문학적 신질서를 지향하는 신진 작가에게 보다 더 유효한 지향점을 암시할 제일 확실한 결점은 선인들의 과오 구명이라고 나는 생각한다. 그들의 과오는 왜 생겨났던가? 불가피적이었던가. 그 근본 원인은? 이러는 내가 이 대가론을 쓰는 것에 변명해왔다. 나에게도 그 윤리의 법률적 잔재 관념이 강하게 작용하고 있다는 입증인가.

그리고 이 대가론은 어디까지나 깊은 연구에서 나온 것이 아니라 가볍게 쓰여진 것이다. 앞으로 쓸 개별적 작가론을 위한 상징적 노트로써 쓴다. 그러므로 일체의 인용은 생략한다. 모든 대가들의 이름은 이제 인격적 명칭이 아니고 문학적 명칭이라고 생각하므로 존엄도 생략한다.

2

몇 사람이나 되는 사람이 초기 한국 근대 문학 형성자로서의 명예를 가지는지. 그들 가운데서 최남선이가 얼마 만큼 중대한 인물이었던가를 측정할 수는 없으나 그가 찍은 발자국은 빛나고 크다. '바다에서 소년에게로' 라는 창작시를 자유율로써 최근에 발표한 시기가 약 반 세기 전이다. 이 한국 근대 문학 형성자의 한 사람으로서의 최남선이 그 후에 무엇을 했는가. 그는 문학에서 떠나서 역사학으로 갔다. 한국 근대 문학 형성자의 한 사람이 역사학자라는 사실은 지극히 상징적이다. 이 사실은 한국 근대 문학의 초기 형성과 역사와의 사이의 미묘(微妙)한 관계를 암시한다.

한국 근대 문학이 초기 형성에 참가한 역사의 실체가 무엇인가를 알기 전에, 아니 보다 더 정확하게, 정당하게 알기 위하여, 박종화의 역사 소설의 문학적 성격을 규명하는 것이 좋다. 이 규명에서 우리는 그 미묘한 관계가 어떤 관계였던가를 알게 될 것이므로 그 관계가 그 후의 한국 문학에 어떤 반응과 결과를 가져 오는가를 알게 될 것이므로.

이광수의 역사 소설도 있으나 박종화의 역사 소설이 그래도 우리들의 문학적 위치에 가깝다. 「홍경래」에서 박종화의 역사적 소설은 문학적 성격의 전부를 그 결함과 특징을 명확하게 규정 지을 수가 있었을 것이다. 그 이유는, '홍경래'라는 역사적 인물을 역사적 인간상 형상화에까지 끌고 가는가, 가지 못하는가를 동자(同者)의 다른 어떤 소설에서 보다도 더 구체적으로 알 수가 있었을 터이니까. 끌고 갈 수가 있었다면 역사 소설 「홍경래」는 역사 소설로서의 존재 이유를 가질 수가 있고, 못 끌고 가는 한 그 반대다. 역사 소설의 특수 조건의 그 근본 조건은 역사적 인간상의 형상화 내지 역사적 전(前) 사실의 현대적 재현화다. 이 형상화와 이 재현화는 동일체의 이면이다. 중요한 면은 전자다.

역사적 인간상 형상 자체에도 문제는 많지만, 「홍경래」에서는 단지 그 가능성 정도만을 얼마 정도의 가능성이 있는가 혹은 전연 없는가. 여기서 나는 독단적으로 밖에 말하지 못할 것이다.

「홍경래」에서의 '홍경래'라는 주인공의 위치는 제 2차적이다. 제 1차적이어야 할 그 위치가 제 2차적 위치는 사건 내지 스토리다. 원칙적으로는 제 3차적, 제 4차적이어야 할 그 위치가 '홍경래'라는 이 역사적 인물에 관한 문학적 형상 정도는 제로다. 그의 행동의 생명적 비약은 기계적 반복에 시종일관한다. 그 무의미한 회화(會話), 그 인식 이전의 유사, 그 세속성.

이 소설에서의 '홍경래'의 역할은 소설 가구상(假構上) 일(一)동기에 지나지 않고, 기껏 사건과 사건의 연락체라는 엉뚱한 것이다. 그의 의도적 반역 사상의 일편도 없다. 물론 그 현대적 의미도 이리하여 「홍경래」라는 소설에서 '홍경래'는 역사적 인물의 역사적 인간상이 형상화 할 가능성 전부는 작가 자신의 손으로 징후하게 가열되고 있다.

그 가능성은 전연 없었던 것이다. 그리하여 박종화 역사 소설의 문학적 성격의 전부를 그 결함과 특징을 알게 되었다. 그 전부는, 그 결함은, 그 특징은 한 말에 끝난다. '박종화의 역사 소설은 비역사 소설적 소설이다' 라는 이것이 그것이다. '홍경래'의 인간적 형상을 전면적으로 도외시한 비역사 소설「홍경래」는 그러나 재래 한국 문학에서는 역사 소설로서 통용되어 왔다. 단순히 역사적 사실을 소재로 해서 지어졌다는 의미에서 만일 이 역사적 전(前) 사실 소재가 역사 소설의 특수 조건일 수가 있다면 소설적 작문 전부는 역사 소설일 수 있다고 극단적으로 말함으로써, 나는 부인하는 것이다.

재래 한국 문학적 의미에서, 역사 소설적 조건이 지나간 사실을 소재화 했다는 것의 좀 더 구체적인 내용은 이렇다. 소재화한 역사적 전 사실과의 어떤 정도의 유사성이, 그 유사성에 포함되는 실증성이 오직 하나의 역사 소설적 조건이었다. 그 의복 색, 두발 모양, 대화 양식, 년·월의 정확성, 또 사회적 특수 풍속.

이런 것에 대한 비교적 더 가까운 유사성이 유일한 역사 소설적 조건이라는 것은 얼마나 우습고도, 놀라운 일인가. 의복 색과 두발 모양의 유사가 문학일까? 그 유사성은, 실증성은 문학일까? 실증성이 문학이면 자연, 과학도 문학이다. 이론 물리학의 제(諸)이론은 문학일까?

문학적 엄밀성에 의해서 비역사 소설이지만 재래 한국 문학적 의미에서는 충분히 역사 소설로써 통용한 「홍경래」에도 역사적 인간상 형상은 없었으나 이 유사와 실증은 있었다. 박종화의 역사 소설에 있어서 다른 동세대 작가보다도 더 정확했다는 것이었던가. 그렇다면, 소설이라는 문학적인 표현 방식을 빌어서 박종화는 반문학적 유사 내지 실증을 추구한 것이 된다. 추구해야 할 문학 자체를 추구하지는 않고, 그러므로 반문학적 실증과 문학의 본질 자체를 착각했다는 것이다. 반문학적인 것을 문학이라고 착각한다는 이 착각 자체가 지극히 비문학적이다. 이것은 그대로 박종화 역사 소설의 비문학적 성격이다. 그뿐 아니고 박종화의 동세대 작가에게는 고통적 성격이다.

한국 근대 문학의 초기 형성에 참가하고 관계한 '역사'는 그 후의 한국문학의 비교적 초기 세대층에 비문학적 반응과 결과를 준 것이 증명되었다. 비문학적 반응을 초래한 이 역사는 어떤 동기로, 방법으로, 필연적으로 한국 근대 문학 초기 형성에 참가하고 작용하게 되었는가. 그리고 그 실체는?

3

한국 근대 문학 초기 형성은 어떤 시기였는가? 초기 형성기 작가들은 작가이기 전에 민족의식자였다.

1905년의 헤이그 밀사 사건, 1905년의 안중근의 이등박문 암살, 10년 후의 망국, 1914년의 제 1차 세계대전 유발, 1919년의 3·1 독립 운동, 1929년의 광주 학생 사건. 이 기간과 더불어 한국 민족의 수난적 기간이다. 더구나 초기 형성기는 그 수난적 최고조기다. 그 최고조기에 그들이 그들의 민족 의식을 지상 명령으로 인식하고, 그 구체적 방법으로, 그들의 민족사를 불명확하게라도 파악하여 보존하려고 한 것은 당연하다.

민족사가 그 민족의 장래적 가능성의 원천이 되고 수난기 민족 정신의 기본이 된다. 이 경우, 그들의 민족 의식 자체는 일종의 역사 의식이었을 것이라고 생각한다. 이것을 나는 '역사적 민족 감정 의식'이라고 가칭한다. 이 역사적 민족 감정 의식은 그리하여 초기 형성기 작가들의 정신 내지 육체적 행위의 절대 기준이었다. 이 의식을 저해하는 전부에 대하여 이 의식은 군림한다. 아무것도 생각할 수가 없던 민족주의자, 이들이 초기 형성기 작가들이 작가가 되기 전의 인간이었다. 이 민족주의자가 차차 문학에 가까이 가게 된다. 한국 근대 문학이 한국에 형성되어 가던 시기는 이같이 한국 민족이 역사적 민족 감정 의식을 의식하는 그 최고조기에 해당한다.

초기 형성기 작가들은 문학을 도입하게 되었다. 그러나 보다 더 정확하게, 더 실질적으로 이것을 표현한다면 문학 도입 활동을 본인은 초기 형성 작가들이 아니고 그들의 그 절대 기준, 그 역사적 민족 감정 의식이다. 이 역사적 민족 감정 의식에 하나하나 결합하여 가는 근대 문학적 모든 요소는 차차 한국에 문학적 지반을 가지게 되어 갔다. 이때의 이 결합의 특수성에 한국 문학의 모든 문제의 근본 원인과 필요성이 내재하고 있는 것이다.

그것을 말하기 전에, 좀 더 이 결합이 가능하게 하는 두 개의 요소를 알 필요가 있다. 그 하나는 근대 문학적 요소 가운데서, 어떤 부분이 최초로 한국에 이입되어 갔는가 라는 것이다. 그러니까 초기 현상적 근대 문학적 모든 요소라고 해도 나는 엄밀히 말해서 아직 작품 창작 이전의 문학정신 제한계 내의 모든 요소를 문제삼고 왔으므로, 이것은 제 1종의 문학 의식이라야 한다. 초기 현상적 의식의 전형은 무엇인가?

근대 문학에서의 초기 현상, 현(現) 문학의 의식은 무엇인가라는 이상식적 의문에 애쓸 필요는 없을 것이다. 너무나 명백한 것이므로. 이 인간성적 의식이 이 인간성적 의식을 모체로 하는 주체 의식이다. 주체 의식의, 주체의 의미는 어떤 외적 사물에 의해서도 변동, 지배, 구속되지 않는 독자성이다. 이같은 주체 의식은 독자적이고 주체적이므로, 일면으로는 무색하고 투명하다. 어떤 종류의 인간적 감정에도 침투해 들어가고 타당하다.

초기 형성 작가들은 그들의 역사적 민족 의식은 이 초기 현상적 문학 의식과 결합한 것이다. 결합한 것은 감정적 의식과 주체적 의식이었다. 초기 작가들은 그들의 감정적 의식을 절대 기준이라고 알고 있었으므로 결과적으로는 이 감정적 의식이 주체적 의식을 임의로 재단하고 교란하고 파괴해 내는 것이 되었다. 초기 현상적 문학 의식으로서의 주체 의식은 그 무색성과 침투성 때문에, 민족 감정 의식에 의하여 압박을 받고 또 변색하고 왜곡한다. 민족적, 감정적 색채로 변색한 왜곡 주체 의식을 기반으로, 그리하여 초기 한국 근대 문학은 출발한다. 주체 의식으로서가 아니라 감정적 의식이 한국 문학의 수원지가 되었던 것이다. 결과적으로는 이렇게 무서운 결말을 가져 온 것이다. 그 역사적 민족 감정 의식은.

이 왜곡 주체 의식을 출발점으로 해서 출발했다는 근본적 오류는 다음에 이어 오는 한국 문학적 모든 오류의 원인이 된다. 주체 의식을 결과적으로 무시한 초기 한국 근대 문학은 원칙적으로는 근대 문학적 최고 원리로서의 주체성 문제에 저해될 수가 없으므로, 오류·허위의 바다에서 무한히 표류하게 된다.

4

초기의 그들은 문학의 본질과 형식을 착각한다. 형식을 본질 자체라고 인식한다. 주체 의식 결핍이라는 치명상을 입은 초기 작가들은 근대 문학적 본질에 저촉할 수도 없었다. 파악할 수도 없었던 것이다. 자연주의, 낭만주의, 사실주의, 현대주의 이같은 문학 방식적 형식을 문학적 본질 자체라고 착각한다는 것은 예를 들면 어떤 목적지로 가려고 하는 전차를 이 전차 자체를 목적지라고 착각한다는 것이다. 초기 작가들은 지금도 영원한 자세를 하고 전차 안의 부자연스런 자리에 앉아 있는 것이다. 착각을 잘 거듭하는 그들이 앉은 의자를 또 전차라고 알고 있는 지도 모른다.

사정이 이렇게 될 현실적 이유는 참으로 많다. 근대 문학적 전통이 없었다는 것, 그러므로 일 개인의 최고도의 재능에도 한계가 있다는 것, 사회 환경적 분위기에 의하여 능력 전부를 발휘하기에는 곤란했다는 것, 직접 도입이 아니고 일본 문학적으로부터의 간접 도입이었다는 것 등 이리하여 주체 의식의 파괴는 형식을 본질화 하였다. 이 전형적 실례를 염상섭과 사실주의의 관계에서 볼 수가 있다. 사실주의라는 문학적 본질 파악을 위한 문학 방법적인 하나의 형식을 문학적 본질 자체라고 아는 착각이 얼마나 큰 문학적 허위를 범하는가.

사실주의가 그 문학 방법적인 하나의 형식의 원칙적인 존재성을 이탈하고 본질 자체로서 인식되어지면 그 제일 첫현상으로서 일어나는 일은 사실주의적 묘사법이 문학에서 유일한 최고의 절대적인 묘사법이라는 신념이다. 이 신념은 사실주의적 문학 정신에 대한 신념이기보다도 묘사법에 대한 신념이다. 그런데 사실주의적 묘사법이란 모든 묘사법 가운데서 가장 기초적이고, 일반적이고, 일반적이라는 의미에서 몰개성적인 묘사법이고, 결과적으로 안이한 묘사법이다. 이 안이성은 적어도 한국적 사실주의의 본질 일면인 것 같다. 그러므로 사실주의적 묘사법에 대한 신념은, 그 묘사법의 안이성에 대한 신념이란 작가 자체의 능력 부족에 대한 신념의 변명이다.

한국의 모든 사실주의 작가의 사실주의에 대한 애착에는 이같은 필연적 원인이 있다. 그러나 염상섭은 사실주의적 묘사법의 안이성에 대해서가 아니고 사실주의적 문학 정신에의 신념을 가지는 희유(稀有)한 작가이다. 사실주의적 문학 정신에의 신념은 무엇을 의미하는가. 염상섭의 이 신념은 비주체적 문학 정신에의 신념이다. 비주체적 성격을 자기 자신의 개성이라고 한다는 것과 같다. 사실, 이 소설가의 개성은 비주체적인 데 있는 것이다.

사실주의의 근본 의의는 객관적 현실에의 태도에 의한 현실 포착이다. 객관적 현실 포착주의가 사실주다. 더 많은, 더 정확한, 엄밀한 현실이고자 하는 문학 방법적 한 형식이다. 사실주의의 이 객관성에는 동등의 주관성도 참가할 수는 없는 것일까. 아니다. 참가하는 것이다. 사실주의의 두 가지 요소, 즉 객관적 현실과 그리고 객관적 태도의 이 두 개의 객(客)을 매개하는 것은 작가의 주관이다.

이 경우의 주관은 낭만주의적 주관보다도 강렬한 것이라야 한다. 왜 그러냐 하면 객관에 대항하는 주관은 낭만에 대립하는 주관보다도 순수해야 하고 강력한 작용력을 가져야 하므로 모파상은 발광하였으나 메털핑크는 발광하지 않았다. 객관적 현실과 정직 면에서 대결하면서, 그 객관적 현실의 손으로 압살될 위험을 극복하기 위하여서는 실로 절대 한 주관이 주체 의식이 요청되지 않으면 안 되었다. 사실주의의 기본도 또한 주체 의식이었다. 한국의 무능한 모든 사실주의적 작가들만이 사실 주의의 기본을 통속적 객관성에 둔다. 미개한 토인이 그 실체를 알지 못하고 태양을 굳게 믿듯이, 굳게 믿고 있을 뿐이다.

기본적으로는 다른 문학적 제 주의와 조금도 다름없이 주체 의식을 기반으로 성립하는 사실주의를, 비주체 의식적 작가 염상섭이 절대적으로 신념한다는 것은 어찌된 일일까.

염상섭의 신념이 허위의 것이 아니고 진실하다면 사실주의의 기본이 주체 의식이 아니든지, 염상섭이 비주체 의식적 작가가 아니든지, 이들 가운데의 하나는 부정되어야 한다. 그러나 이 둘 가운데의 어느 하나도 부정될 것이 아니다. 그러면 어찌된 일일까. 이 문제는 어떻게 해명될 것인가. 이것을 풀어낼 열쇠는 하나뿐이다. 염상섭이 신념하는 사실주의는 이 정상적 사실주의와 별개의 것일 때, 문제는 간단하게 해명될 것이다. 염상섭적 사실주의는 정상적 사실주의와 어떤 점에서 다른가.

결단적으로 말한다면, 염상섭적 사실주의는 염상섭적 문학 방식에 씌여진 한국 문학적 의미 하의 명칭이다. 염상섭적 문학 방식에 사실주의라는 명칭이 씌여진 이유는 사실주의 묘사법의 외관과 그의 사고 방법 내지 문장의 외관이 같다고 착각한 데 있다. 사실주의적 묘사법의 외관이란 그 객관 묘사일 것이다.

그러므로 염상섭적 문법 방식의 객관 묘사라는 이 점이 유일한 염상섭적 사실주의의 기점이다. 염상섭이 신념한 것은 이 객관 묘사였고, 더 정확하게는 이 객관 묘사의 일반적 양상, 즉 그 고정성과 불변성이었다. 이 고정과 불변에의 노력은 고정되고 불변한 하나의 '형'을 형성한다. '형'의 형성이 완료하면 이 '형'에 적당한 명칭을 써야 한다. 그리하여 염상섭의 그 '형'에는 이 '형'과 유사한, 사실주의 라는 이름이 쓰여졌다. 이것뿐이다.

그 후는 이 '형'을 죽을 때까지 고집하고 사수한다는 것이 전부다. 이 '형'이 한국 문학에 도입된 문학적 제 주의 전부가 입지 않으면 안 되었던 상복이다. 염상섭은 이 '형'을 문학 정신적으로 확신하였고 다른 모든 작가는 능력 부족 보충적으로 이 '형'을 맹신하고 숭배하였다. 염상섭의 소설을 읽는다는 것은, 그러므로 사실주의 라는 이름의 염상섭적 '형' 안에 얼마 만큼의 현실이 포착되었는가를 보는 것이 된다. 그런데 '형'으로써 현실과 대좌하는 그는 그의 '형'에 적응하는 현실성은 현실로써 인식한다. 적응하는 현실만을 형상하고, 적응하지 않는 현실을 부정한다. 고정과 불변이 형성하는 이 '형'에 유동적이고 동변적인 현실의 어떤 부분이 보충될 것인가는 너무나 확실하다. 고정적, 불변적 현실이란 퇴보적, 쇠약적 현실이고 현실의 작은 부분이다. 사실상 염상섭 소설에 나타나는 현실성은 일정한 것이다. 그의 최우수작일 수 있는 단편 「임종」에는 그의 '형'에 적응할 수 있는 형식 이외의 죽음으로는 인간의 어떤 죽음도 인정하지 않는 그의 '형'의 격렬할 만큼 무자비한 철벽성이 나타나 있다.

이 철벽성은 더욱 이 '형'을 현실의 극소 부분에 국한하고 고립화 시키고 종국적으로는, 현실로부터 완전히 난하게 한다. 그런데 염상섭적 '형'의 명칭이 사실주의 라는 것을 상기할 때, 이것은 염상섭만의 참극이 아니고 한국 문학 전반의 참극이다. 물론 이 참극은 주체 의식 결핍에서 온 것이다. 문학 방법적 한 형식을 문학적 본질 자체로서 착각하는 허위가 이와 같은 무서운 참극을 연출한 것이다. 박종화의 낭만주의도 낭만주의적 모방이었고, 고(故) 김동인의 자연주의도 자연주의적 모방이었고, '형'이었고, 참극이었다.

기타 다른 모든 주의 전부가 그랬던 것과 같이 전영택, 홍효민, 주요섭, 그리고 이 이외의 동세대 작가는 이 '형' 비본질적 규범을 징후하게 엄수하였다. 문학적 본질 파악을 본질 포기로서 파악했다고 확신하고 문학 정신은 이 '형' 엄수 정신이라고 확신한다. 이들 작가들은 그들을 압살한 이 '형'의 지극한 위엄을 문학적 영광이라고 보았는가.

5

'형'이 초기 형성 소설가를 압살하고 있었던 그같은 기간에 한국 초기 시인은 무엇에 의지하여 왔는지 소설가적 '형', 종사의 시인적 '형'을 형성하고, 동일 과정을 밟아왔다. 이 시인적 '형'은 무엇이었던가?

초기 시인들은 왜곡한 주체 의식을 출발점으로 해서 출발해 왔다. 그 결과 그들에게도 본질과 형성의 착각은 필연적일 수밖에 없었다. 근대 문학에 있어서 시의 정신적 근거는 비판 정신이다. 자기 주체성을 기준으로 자기 자신을 대상으로 하고 그리고 대상화된 작가 자신이라는 역(驛)을 통과함으로써, 처음으로.

세계에 대한, 민족에 대한, 영원에 대한 어떤 가능성에 도달하는 비판 정신이다. 이것은 하나의 근대시적 공리다. 이 비판 정신을 초기 시인은 인식할 수가 없었다. 주체 의식이 비판 정신의 근본 조건이었으므로 주체 의식 결핍이, 왜곡 주체 의식이 한국 초기 시인과 비판 정신과의 관계를 절단한다. 비판 정신을 인식할 수가 없던 초기 시인은, 그들의 선천적 시인 기질을 시 정신적 근거로 하고 노래할 수밖에 없었다. 선천적, 시적, 시인 기질이란 관념적 경향 내지 환상적 경향이다. 이 관념성과 환상성은 비판 정신적 한도로써 조절되지 않는 한 무한대로 팽창, 그들 초기 시인들의 선천적 시인 기질은 그 시기의, 그 역사적 민족 감정 의식과 표리 관계에 서는 것이었으므로, 이 무한대로 팽창한 환상적 대관념을 시 정신적 본질이라고 착각하기는 쉬웠다. 비판 정신이 아니고, 가장 비판 정신적인 환상적 대관념이 한국 초기 시인의 시 정신의 가장 중요한 부분을 형성하고 기본이 된다. 이 환상적 대관념이 한국 초기 시인의 일반적 성격이고 '형'이다. 환(幻)이라고 하는 것이 더 적합할 것이다.

'아세아의 밤'은 오상순의 시의 대표작이다. 이 '아세아의 밤'은 초기 시인이 지금도 잠자고 있는 대암흑권이다. 이 현실을 초월하는 비현실적 큰 공간만이 환상적 대관념의 특상(特象)이 될 뿐이었다. 이같이 그들의 시적 대상은, 자기 자신도 아니고 인간도 아니고, 현실도 아니고, 비현실적 대공간 속의 존재하지 않는 몽상이었다. 무(無) 대상과 같은 것이었다. 그리하여 환상 대관념이 시적 표현 양식에 편승하고, 한국 초기 시인의 두상(頭上)의 비현실적 대창궁(大蒼窮) 속에서, 무궁무진한 형이상학적 비상을 비상해 왔다.

이 시인의 '환'은 소설의 '형'과 극히 대조적이다. 소설가는 현실의 가장 협소한 부분에 자기를 부착시키는 형식으로 현실에 배반하고, 주체성을 망각하였으나, 시인은 현실 초원의 비현실적 대공간 속에 자기를 투신시키는 형식으로, 현실에서 이탈하고 주체성을 소멸한다.

변수주, 김동명, 오상순, 이병기, 이 노시인들은 이 환상적 대관념에 의거하고 비현재적 대몽상을 꿈꾸어 왔고 지금도 꿈꾸고 있다.

변수주와 오상순은 이 환상적 대관념을 정리할 수가 없어 지금도 그대로의 자세를 취하고 있다. 김동명은 무대상적 허위의 반동으로서 해방 후에는 가장 안이한 대상을 주제로 삼았다. 민족 의식적 감정이다. 이 감정은 역사적 민족 감정 의식과의 그들의 깊은 관계를 입증한다. 그리고 또 이병기의 고전에의 도피도 한국 초기 시인의 이 자기 기만과 자기 소외는 대완성을 이루었다. 기적적일 만큼, 그러므로 그들의 문학적 허위 자체도 기적적인 정도로, 절대적 대완성을 성취한 것이 다가 아니고 보다 더 도취였고, 풍류였으니까.

소설의 '형'의 사실주의적 참극과 시인 '환'의 비실제적 대몽상은 한국 소설과 시 전체의 근원악이다. 이 근원악에 대한 저항이 한국 현대 문학 재건의 제일 첫작업이다. 이 근원악 제거를 위한 제일 유효한 방법은 오직 하나뿐이다. 입체 의식 정립이다. 이것과 평행 관계에 서는 것은 냉철하고 명석한 지성이다. 그 시초 형식은 자기 성찰이다. 20세기적 특수 상황에 관한 명확한 개념 파악이 있는 후의 이것이 그 근원악 파괴 방정식이다.

이 방정식이 염상섭 후세대에 얼마 만큼 해당하고 적당한가를 나는 다음 기회에 생각해 볼 것이다. 그 '형'의 성벽은 지금 붕괴 과정에 놓여져 있는 것이다. 이 붕괴 과정은 그리하여 한국 현대 문학의 탄생 과정인 것이다. 현대 문학적 순수 본질 파악의 선까지는 도달하지는 못하였으나 몇 작가는, 통속 소설과 본격 소설조차 판별할 수가 없는 재래 한국 문학의 성운(星雲) 상태 속에서 하나씩의 별을 안고 떨어져 나간다. 이제 한국 문학의 고난 편력은 끝날 시기이다.

지성의 환정성

현대시에 있어서

  모시인에 대한 글을 쓸 준비로 여러 가지 자료를 모으고 생각던 중에 나는 퍽 흥미 있는 하나의 사실을 캐내었다. 서정주의 시집명과 최근의 시를 연대순으로 대략 적으면 「화사집(花蛇集)·귀촉도(歸蜀道)·전주우거(全州遇居)」가 된다. 그런데 전후(2차 대전) 시인이 이런 시집명의 연대순을 김춘수의 예에서 보면 「구름과 장미(薔薇)·늪·기(旗)·인인(隣人)」이 된다. 또 하나 서정주와 전후 시인간의 두 연대순의 비교에서 내가 캔 그 하나의 사실이 무엇인가를 구안지사(具眼之士)는 벌써 알았을 지도 모른다.

  「화사집」의 시 세계가 서구적이고 「전주우거」의 그것이 동양적이라고 하면 이 서구적이라는 말과 동양적이라는 말의 일반적 개념은 그렇게 어렵잖게 감지된 것이다. 그러면 서정주는 서구적인 점에서부터 갈수록 동양적인 세계로 그의 시적 과정의 경로를 밟은 것이 된다. 그렇다면 김춘수나 전봉건 등 일련의 전후 시인은 그들의 시의 제목이 연대순별에서 보듯 왜 서정주의 그 순서는 정반대의 경로를 겪고 있는가 하는 사실이 내가 캤다는 사실이다. 엄밀히 따질 때 물론이지만 「전주우거」의 세계가 동양적이라는 의미에서와 같은 의미로 「구름과 장미」나 「사월」이 동양적이라고 할 수가 없을 지도 모른다. 발상에 있어서나 그

‘뉘앙스’에 있어서나 허다한 차이를 우리는 이 둘 사이에 지적할 수가 있다. 그러나 재래의 전통이라는 ‘먹본’으로 규정 짓는다면 「전주우거」나 「사월」이나 「구름과 장미」의 시조합 상호간에는 공통성이 열리고 같은 ‘카테고리’에 들게된다. 동양적이라는 개념의 내용이 우리의 재래전통의 그것과 결코 크게 다른 것이 없는 이상 우리는 「구름과 장미」나 「사월, 연사」를 동양적인 것이라고 불러도 그렇게 실수는 아니다.

그리고 「인인」과 「은하를 주제로 한 봐리아시옹」도 「화사집」이 서구적이라는 의미에 동양적인 데서 출발하여 서구적인 세계로 향하게 되는가. 도대체 어느 쪽의 시적 과정을 선택하는 것이 진지한 시적 태도일까? 나는 여기에 대하여 잘은 모른다. 다만 내가 확인하고자 한 점은 전후에 형성 도중에 있는 신세대의 동양에서 서구로의 변모를 주목하고 이들이 이런 경향의 결과로써 어떤 사태를 그들의 작품에 일으키고 있는가 하는데 있다. 문제 초점을 좀 더 해명하기 위하여 이것을 정리한다면 다음과 같은 명제가 된다. 서구적이라는 점에서 추출되는 제일 첫인상은 주지성에 있으니까 그들의 시에 있어서의 지성은 그들의 시 세계에 무엇을 ‘플러스’하고, 또 무엇을 ‘마이너스’ 시켰는가를 보는 것이라고.

김춘수

　처녀시집 「구름과 장미」를 전후한 김춘수와 그의 제 2시집 「기」나 네 번째의 「인인」을 전후로 한 최근의 김춘수 사이에는 너무도 큰 차이가 있다. 「구름과 장미」는 그 다음의 「늪」과 함께 김춘수의 재래 전통과의 연속성을 명시하였으나 「기」에 와서부터는 불연속성을 드러내었다. 그의 이 변모는 다른 어느 전후 시인보다도 극명하게 나타나고 정직하게 그 다음에 필연적으로 연속하는 결과를 가르치고 있다. 「구름과 장미」와 「늪」에 있어서의 그 세련된 '리리시즘'은 「기」에 와서까지는 그 자취를 그대로 진하게 지닌 채였으나 「인인」에 와서는 사라져 없어지고 대신에 격한 지성이 노출되어진 '아포리즘' 적인 시행이 나열 비슷하게 되었다. 언뜻 읽기에 시가 아니고 그의 사상을 표현하기 위하여 쓰인 최대 한도로 급조된 철학적 문장 같다. 「인인」 이후에 발표된 그의 시에는 다시 '리리시즘'이 강하게 작용하고는 있으나 워낙 「인인」 이후의 그의 시가 문제된 것이 없고 '그저 시를 지을 줄 아는 사람의 심심풀이' 같아서 오히려 '리리시즘'에 대하여 그의 오점을 논증시켰을 뿐이다. 「인인」은 적어도 전후의 우리 시(詩)단의 문제작이지만 여기서 춘수는 결정적으로 큰 잘못을 지었다. 「인인」에는 사상이 없다고 하는데 만일 그의 이 사상이 다름아니라 시에 있어서 '리리시즘' 대신에 지성을 집어넣는 댓가에 지나지 않는 것이 되면 어떻게 될까? '릴케'의 시 사상은 그의 시어 여하에 구애하지 않고 시에 있어서의 사상이 된다. 왜 그러냐하면 '릴케'의 시에 있어서 '신'이라는 말과 '나뭇잎'이라는 말 사이는 근본적으로 별개의 것이 아니기 때문이다. '신'이라는 말의 의미가 '나뭇잎'이라는 말의 의미와 같다는 것이 아니라 '신'과 '나뭇잎'이 두 개의 말이 지성이나 감성 앞에서 언제나 같은 취급을 받는다는 의미에서 같다는 것이다. 나의 표현이 부족해서 똑똑하게 이것을 알 수가 없다고 하면 한국의 실상을 보면 알 수 있으리라. 「인인」에 있어서 쓰이는 '신'이라는 말은 우리에게 있어서는 언제나 지성을 불러 일으키는 지성 대상이다. 감성으로써 이 '신'이라는 말은 누가 이 나라에서 대할 수가 있을까? '부재(不在)'라는 말도 '존재'라는 말도 아직 우리들의 감성으로써는 도저히 못 따를 어휘들이다. '릴케'과 우리 사이의 언어에 있어서의 이 차이를 나는 중시한다. '신'이나 '존재'나 이런 어휘가 우리의 감성 대상이 못되는 것은 우리들의 선천적 원인도 있고 동과 서, 서로의 전통 차에서도 온다. 말을 많이 한 것도 어울려 지성의 한계가 된다는 사실이다. 지성의 참가는 서구에 있어서는 현실에서의 시의 접근으로 나타나는데, 동양의 우리 나라에 있어서는 '리리시즘'의 폐기가 되고 따라서 시를 사상의 노예가 되게 한다. 그리고 이 사상은 우리 동양인의 심정에 흐르는 감성과 관계한 것이라는 점에서 우리의 기본 정신을 건드린다. 동양인으로서의 우리는 서구인과 같이 시의 사상은 감성과 무관계한 것이 아니라는 것을 알고 있고 오히려 '릴케'에 있어서와 같이 감성이 시에 있어서는 지성보다 우위에 있다는 것을 잊지 못한다. 그런데 우리 현대시에 있어서의 시에 표현된 사상은 잘못 인식되어 지성으로써만 표현되는 것으로 알고 있는 것이 아닌가. 그리고 더구나 우리의 '핸디캡'은 시를 사상적이게 하는데 불가결한 최소한도의 어휘조차 감성으로 다루기에 힘든 말이라는 것을 알 때 우리의 현대시에서 사상 표현의 위험성을 아니 깨닫지 않을 수가 없다. 이 위험성이란 다름아니라 '리리시즘'이 우리 시에 있어서의 지성과 잘 지내지 못한다는 데 있다. 「인인」에서 뿐 아니라 김춘수는 '리리시즘'도 아닌 지성도 아닌 허공에 뜬 무의미한 것을 시로 썼다.

아침마다의 나의 疾走
와 돌아오지 않는
저녁마다의 나의 不在
사이의

- '꽃의 素描'

이 몇 줄 안되는 구절에서 우리는 무엇을 알 수 있고 느낄 수 있는가. 솔직하게 말해서 알 것도 없고 느낄 것도 없지 않은가? '리리시즘'만이 우리를 느끼게 하고 사상만이 우리를 알게하는 것이다. 그렇다면 '꽃의 소묘'에는 무엇이 있는가. '부재(不在)'라는 이 감성으로는 다루기 힘들고 지성으로는 다룰 수가 있으나 사상과는 전연 무관계한 지성으로 다루어진 말의 무의미성이 우리로 하여금 이 시를 몰라보게 할 따름이다.

우리의 현대시가 사상적이려면 우리에게 주어진 어휘의 한도 내에서 시어를 선택하라는 말을 하고 있는 것이 아니다. 그리고 우리 어휘를 지성으로나 감성으로나 다같이 다룰 수 있도록 지성과 감성을 변화시켜야 한다면 적어도 이것은 전통에 대한 반항이다. 최근에서 전통에 와서 반항이라니 중학생 같은 유치한 소리이다. 우리가 유의할 점은 우리의 '리리시즘'이 왜 지성과 잘 지내지 못하는가, 말을 바꾸면 지성의 '리리시즘'을 추방하는가 라는 이 문제가 동양으로부터 서구쪽으로 기울어지고 최근의 전후 시인의 치명적인 과제가 아니면 안 된다는 데 있다. 지성이 시에 참가할 때 '리리시즘'이 그 시에서 소멸한다는 이것이 바로 우리 현대시에 있어서 지성의 한정성인 것이다. 우리 현대시에 있어서 지성이 시의 사상성에는 무효과의 것이고 '리리시즘'에 역행하는 것은 무엇인가. 지성은 왜 우리 시에 있어서 사상을 거부하고 '리리시즘'도 거부하는가.

　김춘수의 지성은 「인인」을 철학으로 변질시켰다고 할 만큼 우리 시의 기본 원칙에서 떨어져나가게 되었다. 소위 '모더니스트'라는 이름으로 외자 혼동의 그들의 '모던한 시가 제일 우리의 전통과 떨어져나간 것인 줄 알지만 최근의 춘수는 이 지성의 한정성의 마술에 걸려 그들 '모더니스트들'보다도 백 배나 더 우리의 재래 전통과 떨어져나갔다. '꽃의 素描'를 읽으면 알 수 있듯이 이런 시는 뭐라고 말해야 좋을까?

　전후 신세대에 있어서 김춘수뿐 아니라 전봉건은 더욱더 이 지성의 한정성의 화학 작용에 녹아 떨어졌다. 그의 「은하를 주제로 한 봐리아시옹」을 김춘수에 있어서는 다른 일면이 있어서 이것은 따로 취급할까 한다. 지성은 이 서구 경향 시에게 무엇을 '플러스' 하였는가? 우리는 시의 폭을 넓혔다. 무엇을 '마이너스' 시켰는가? 시의 가장 중대한 '리리시즘'을 내던졌다. 우리의 현대시에 있어서 지성의 한정성을 극복하지 못하는 것이 아니다. 극복은커녕 이것을 왜 인식조차 못하고 있는 것일까. 왜?

그 작가 그 작품

허윤석 론

사실의 한계

　어떠한 변질을 할지라도 문학이 유령으로 되어질 것이라고는 도저히 생각할 수 없는 것이다. 그러나 이 땅의 문학에는 그러한 기현상이 일어나고 있다. 문학, 그러니까 시·소설·평론·기타 각 장르의 전후 좌우 상하에는 수백의 유령이 밤낮으로 출몰하고 있는 것이다. 문학으로 강림해 온 유령은 또 많은 다른 귀신과 더불어 문학의 근방을 배회하고 발호하고 도량(度量)하면서 괴한 음성으로 축문을 외고 있는 것이다. 이러한 배회와 도량과 발호가 점차로 문학의 핵심에서 얼마 안 되는 거리에까지 도달해가는 것을 볼 때 우리는 단잠을 잘 수가 없는 것이다. 그 기괴한 저주가 문학의 핵심에서 얼마 안 되는 거리의 장소로 침입해 간다는 것은 위기의 도달과 별개의 것일 수 없는 것이다. 이것은 무서운 일이다. 무서운 일이라고만 할 것이 아니라 문학의 전 몰락을 예감하는 이변이 아닐 수 없다. 그러한 이변은 벌써 어디서 요동을 개시하였는지도 모른다. 문학의 위기를 작가의 시간 결핍이나 잡지의 지면 부족이나 이런 일련의 수동적 사실로 인하여 초래되는 것으로 절규하는 소위 문학가가 있다고 하면 그 사람은 문학가가 아니라 실은 유령의 권속이다. 문학의 위기는 귀신의 정체와 진상을 볼 줄 모르는 어른들의 맹목에서 초청되었고, 그 초청의 결과로 문학의 위기는 그 원

거리를 일부러 그리고 열심히 오늘 여기까지 걸어온 것이다. 위기의 동인을 목전의 흑판에서만 찾으려는 것은 제 2, 제 3의 위기를 준비하는 데 지나지 않는다.

문학의 배면에서 방황하는 유령의 정체는 물론 한두 가지가 아니다. 수천 수백 가지가 되고도 남는다. 그 중에서도 나는 제일 악질적인 유령부터 먼저 납치해 와야 겠다. 그리고 그것이 지금에 있어 가장 절실하고 긴박한 것이기도 하다. 자연주의, 낭만주의, 사실주의, 고전주의 무슨 '유파' 무슨 '기' 내지 '시대' 이러한 일군의 어구를 정확하게 반응할 수가 있는 어떤 사람이 있다면 나는 그 어떤 사람의 말소리를 유령이라고만 알아들었을 것이다. 이러한 개념의 하나하나가 지금까지 얼마나 문학을 탄압했는지 헤아릴 수가 없다. 개탄할 수 밖에 없는 것이다. 일군의 개념을 엿 한 가락과 교환할 수가 있다면 나는 일분 일 초도 주저하지 않겠다. 주저는커녕 엿도 안 받고 던져 주겠다.

문학은 과실인 것이다. 과실보다도 과실의 알맹이라야 될 것이다. 더 나아가서는 과실의 '생리와 의미' 였을 것이다. 그러나 그런 개념의 내용은 한 장의 구름, 한 때의 계절 기후, 최소한도의 협의에 있어서도 땅덩어리 이상의 것을 규정지을 수는 없는 것이다. '과실의 생리'와 그리고 '계절와 기후'(이것은 진주와 바다라고 해도 좋다) 차이도 이 정도면 아이들도 초등학교에 들기 전에 알아차릴 수가 있다. 그런데 우리 문단의 일부의 인사들은 이 정도의 문제도 풀지 못하고 있었던 것이다. 그리하여 그 문단인들은 문학을 하기 전에 어떤 것으로 포장하려고 했고 또 그렇게 하여 온 것이다. 그리고 그 포장한 수고의 여택으로 문학 생활을 지속해 왔다고 하면 거짓말일 것 같으나 정말이다. 광란도 푼수가 있다. 그리하여 그 포장에 사용한 도구가 유령이라는 것을 알 때 작품을 내놓으면 맨 처음에 그런 유령들에게 영접을 받아야만 되었던 작가들의 재난에 동정을 금할 수가 없는 것이다. 그러나 그런 동정에 선행하는 것은 증오감이다.

근래 그 몇몇의 맹인들이 그러니까 유령의 권속들이 하반신을 상실한 채 문학의 위기다, 빈곤이다, 부진이다, 역사다, 건설이다 라는 것을 곁눈질할 때 나는 돈 주고 곡예단에 갈 필요가 없다는 것을 느끼는 것이다. 유령과 유령의 전대미문의 쟁투술, 이런 광고만 내어걸어버려 돈벌이는 문제 없다. 그러나 나의 증오심은 이런 비근한 예에서보다도 더 근원적인 문학의 제조건에서부터 촉발된 것이다.

오늘 이 땅의 소설 문학이 시골의 3등 도로처럼 사실 일로로 지행해 온 엄연한 현실을 대하고 서서 우선 나는 당혹하지 않을 수가 없다. 탄복할 뿐이다. 한두 개의 감탄사를 가지고는 모자란다. 그러나 그러한 탄복과 감탄사의 연발 위에 그 노상에서 다시 유령과 해후하게 되자 나는 나의 탄복과 감탄의 전부를, 즉 우울한 3등 도로를 가는 시골 우차를 찬양할 모든 가능을 파기해야 하는 것이다. 이 우차를 끌고가는 것은 인간이 아니고 수천년 간의 유령이었던 것이다. 이 안익과 무식과 주저와 안심입명. 노쇠한 한 마리의 소와 같은 고식과 정체와 권태와 속성의 만연 진실로 역사적 사실이다.

그러나 나는 소설과 사실과의 관계식을 부인하지는 않을 것이다. 소설과 사실과의 관계는 자본과 이윤의 관계와 같이 아마 쉽게 소모되는 법은 없을 것이다. 소설이 문장의 형식을 거역할 때까지는 사실의 대의명분은 소설가들을 납득시킬 힘을 유지해갈 것임에 틀림없다.

소설과 사실의 이러한 내연에 그러나 사실을 소설에 강제하는 그런 권위를 주어서는 안 된다. 사실은 소설의 한 개의 방법론에 불과하다. 지금에 와서는 이 방법론의 신용은 일 세기 전만 비교해도 땅에 떨어지고 있다. 땅에 신용이 떨어진 이유는 소설을 위한 그 이외의 제 2의 방법론과 그 실천 제 2의 방법론, 그 결과 이러한 변천이 현실적으로 기도되고 그 기도의 3분의 1 정도는 그것의 분야를 형성하고 있는 것이다. 불란서에서 지금 와서 푸로스트를 새롭다고 할 문학 청년은 한 사람도 있지 않을 것이다. 그런데도 이 땅의 소설가에게는 푸로스트는 기상천외의 이단이라고만 보여질 것임에 틀림없다. 그러나 그 이단은 정확하게 말하면 우리의 소설에게 붙일 레테르인 것이다.

사실은 고발되지 않으면 안 된다. 환언하면 한국적 소설 사실은 규탄을 받아야 한다. 한국적 소설 사실은 소설과 사실의 정상적인 관계에서 요청된 사실이 아니고, 즉 사실적 수법이 아니고 부패한 사실의 변태다. 원래 소설과 사실과의 관계에는 일정한 균형이 작용해 있어야 하는 것이다. 그럼에도 불구하고 소설 자체의 이력은 그렇게는 단순하지 않는데 반하여 사실은 전연 옴짝달싹도 하지 않고 견디어 온 것이다. 간단하게 쓰면 소설은 운동을 하려는데 사실은(이 땅의) 왜 영양실조에 걸리게 되었느냐는 것이다. 이 영양실조의 사실은 동시에 독화되어 갔던 것이다. 독화의 사실. 이런 종류의 사실 속에 농성하여 왔던 소설 작가들이 건강할 수는 없는 것이다. 나는 3년 간의 작가들의 대다수가 일종의 자실 상태에 빠졌다는 것을 감지한다. 독화의 사실 속에서 자기 자신을 파기한 상태일 것이다. 유독성의 사실의 수심 속에 처식하는 심해어가 되어진 것 같아 천편일률의 소위 소설을 적어온 것이다.

그러면 유독성의 사실이란 어떤 사실일까? 유령의 품에서 되어 나온 사실일 것이다. 유령이 끌고가는 우차 뒤에서 낮잠만 자는 작가들의 사실이다. 유령을 경계한 몇 사람의 작가를 제외한 대부분의 작가들의 사실이 독성을 띤 채로 지금 있는 것이다. 한 편의 단편에는 그것이 잘 나타나있다. 한 편의 단편에는 문학과 소재와 '문장'의 3요소를 보여주어야 된다. 물론 이것이 예술성과 작가의 눈과 기술이라는 것은 설명할 필요도 없다. 그런데 우리 소설의 일반적 풍조는 그렇게 되어 있질 않다. 그런 작가의 작업에는 5할의 소재와 문장화한 활자의 나열이 있고 문장이 어디로 갔는지 행방불명이다. 5할의 소재와 활자의 나열만이 주인을 찾을 줄 모르는 견군과도 같은 소설의 범람이라는 차마 볼 수 없는 참경이다. 이런 경우의 사실은 벌써 사망 신고라도 내어야 되었던 사실이다. 5할 점거의(최대한도로 잡아서) 소재는 작가의 두 눈이 맹목이라는 증거다. 그리고 활자의 나열이란 중독증에 걸린 문장일 것이다. 이 맹목과 중독증이 독화된 사실의 진태다. 소설을 되는 대로 읽어 보라. 이 맹목과 중독적 문장이 아마 백두산같이 태연히 우리 소설 문학의 중앙에서 있는 것을 안 볼래야 안 볼 수가 없는 것이다.

그러므로 이 땅의 창작이 인생의 삽화나 기담에서 별로 벗어나지 못했다는 것이 당연하다면 이렇게도 당연한 귀결은 없을 것이다. 문학은 인생의 삽화나 기담과의 절연을 하루 빨리 행동하지 않으면 안 된다. 그러한 맹목과 중독에는 문학은 일보도 타협해서는 안 되는 것이다. 그런 위치로 타협한 문학을 우리는 문학이라고 부를 수 없다.

이리하여 나는 그러한 사실을 근멸케하기 위하여 사실 전체에 대한 반역을 의도 한다는 논의가 가급적으로 빨리 우리 작가들의 입에 오르내릴 것을 갈망하는 것이다. 이러한 사실의 근멸이 통분한 시기를 경과만 한다면 그 후에 우리는 사실의 실체를 규명할 수 있을 것이기 때문이다. 그 실체를 정당하게 이해한다는 것이 유독의 사실에서 작가가 해방되는 유일한 길일 것이다.

　유독적 사실의 수심 속에 처식하는 심해어는 바다의 심해어와 동종의 심해어일 수가 없다. 바다의 심해어는 안구가 대단히 발달해 있는데도 유독적 사실 속의 심해어는 맹목인 것이다. 그리하여 바다의 심해어와 사실의 심해어 사이의 공통점은 하나뿐이라는 것을 알게 된다. 바다 속의 심해어가 수면에 떠오르면 파열하듯이 사실의 심해어도 사실에서 잠시라도 떠나면 파열한다는 이 파열이란 점에서 같다고 할 수가 있다.

　작가의 파열. 이것은 여러 가지 이유에서 앞으로의 문학을 살찌게 하는 영양일 것이다. 무능한 작가의 문학 중지의 촉진이란 사실에서도 그것은 영양이 될 수가 있다. 그러므로 그것은 신진대사를 가능케 한다는 점에서도 영양이 될 수가 있다. 그러나 보다 더 중대한 사실은 작가의 파열을 작가의 시련으로 대치케 하는 노력과 의도가 점차로 응집해가고 있다는 그것이다.

　허윤석 씨는 작가의 파열을 작가의 시련으로써 대치한 작가의 한 사람이다. 그리고 허윤석 씨의 시련이 어느 작가의 그것보다도 클로즈업되는 것은 허윤석 씨의 시련이 전형적인 형태로 행동을 개시하였기 때문이다. 그러나 허윤석 씨의 문학적 경력에서 찾는다는 것은 별로 신통한 일이 아니다. 이십 년 동안 그리고 그 중의 대부분을 침묵해왔다는 허윤석 씨의 이력은 그의 시련을 더욱 특징 지우는 것이지 딴 것은 아니다. 왜 그러냐 하면 허윤석 씨는 이십 년 동안 그 시련을 위한 준비와 지반을 발견하는 데 소비했을 것이라고 나는 예측하고 이 예측을 믿어 의심치 않는 것이다. 대부분의 작가가 사실의 부패 속에 감금되어 있는 동안 허윤석 씨는 그의 문학을 개방한 채로 두었던 것이다. 허윤석 씨의 이십 년 침묵은 그의 이십 년 문학의 개방이었던 것이다. 그리하여 허윤석 씨의 문학 개방은 그의 문학을 성과있게 한 것이 아닐까. '문화사대계(文化史大系)', '옛마을', '해녀(海女)' 등 기타 허윤석 씨의 작품의 독특한 풍모는 그의 장난이 아닐 것이다. 그리고 그것이 하루 아침에 이루어진 것으로 생각한다면 그것은 사십 세의 성인을 보고 '당신은 한 살 먹은 아이다' 라는 것과 다름이 없는 것이다. 문학은 유형의 것이 아니고 보다 더 무형적이다. 허윤석 씨의 침묵이 그의 고차적인 문학이었다는 것은 이것을 입증하고도 남음이 있다. 독화된 사실의 구렁 속에서 작가들이 미동도 못하고 있는 이때에 허윤석 씨가 그의 신선한 작품을 거리낌없이 내놓는다는 것은 고귀한 차림전이었는가를 알려주는 것이다.

그러면 허윤석 씨의 작품이 그의 문학적 시련을 시현한다면 우리는 그의 작품의 어떤 면에서 그것을 보는 것일까?

그것은 허윤석 씨의 사실의 중간에서 무수한 귀열(龜裂)을 발견한, 이 발견이 그것일 것이다. 사실과의 중간에서 허윤석 씨가 애써 만들어

놓은 귀열을 발견한다는 것은 허윤석 씨의 문학적 시련을 발견한다는 것이다.

그러나 이것은 문학에 대한 불경이나 불손은 될 수 없다. 오히려 이 시련은 문학에 대한 신뢰와 헌신에서부터 시작되는 것이다. 문학에의 신뢰와 헌신은 문학에의 순종에서보다도 배반에서 선례를 받는다는 것을 알아야 한다.

그러면 그 무수한 귀열은 어떤 것일까. 이 귀열을 전개하는 것이 이 글의 목적이기도 하다.

그것은 무엇보다도 허윤석 씨의 문장이다. 그의 문장은 허윤석 씨에게로 가는 관심의 약 8할을 점유하고 있는 것이다. 그만큼 허윤석 씨의 문장의 성격은 다른 작가의 문장과는 이질적인 것이다.

여기서 지목하는 문장은 '작가의 문장'이다. '일반적 문장'과 '작가의 문장'은 동일한 것이 될 수 없다. 그럼에도 불구하고 이 땅의 작가들은 '작가의 문장'을 무슨 약속이나 했듯이 무시 모멸하고 있는 것이다. 이 무시와 모멸이 그러나 나무 위의 과실을 먹고 싶으면서도 따먹을 수가 없는 저능아의 분만이 '저것은 맛이 없다'고 하는 그런 것과 똑같은 것이라고 생각할 때 치유할 수 없는 환자를 연상할 뿐이다. 작가의 문장을 못 가진 불행한 작가가 소설을 문장을 갖고서가 아니라 이야기 줄거리로 적어왔다는 것은 아이들의 산술과 그 답과 같은 간단

한 인과 관계의 덕택이다. 이 일은 작가들의 문장을 빈약케 하는데 박차를 가한 것이다. 황순원 씨와 예용묵 씨의 문장은 그러나 적당한 '작가의 문장'을 보여주고 있다. '작가의 문장'이 전연 없는 것은 아니다. '별과 같이 살다'의 전(全) 장의 몇 페이지만 읽어도 황순원 씨의 작가의 문장이 얼마나 적합한 문장인가를 알 것이다. 그리고 이 황순원 씨의 문장이 허윤석 씨의 소설과 문학을 얼마나 재미있게 하고 있는가, 그 적당한 일례일 것이다.

허윤석 씨의 문장은 새로운 '작가의 문장'의 좋은 예의 하나다. 허윤석 씨의 문장은 '작가의 문장'으로서 우위에 속하는 것은 아니다. 미완성이다. 그러나 이 미완성은 허윤석 씨의 문학의 미완성과 같이 국한된 미완성이 아니고 완성을 향하여 있는 미완성이다. 그리고 이러한 미완성이란 문학의 가장 아름다운 자세다.

비에 쫓긴 새소리가 소낙비를 뒤에 달고 비보다 앞을 서 산속으로 쪽쪽 몰려왔다. 구름이나 머리에 감고 앉았던 듬성한 산이었건만 어느덧 풀어진 마음이 적은 새와 마주 이야기를 주고 받으며 산은 제대로 수다를 떨었다. 굴뚝새가 울어도 산은 탐내 울었다. 노루가 우는 골 안은 후들후들 목을 떨어 울기까지 했다.

현배는 마음이 지피우고나자 얼굴부터 확확 달아왔다. 득심이는 현배의 기색을 떠보잘 것 없이 주먹다짐으로 대들었다.

진작 할 말이 있담 그만 걸 툭 털어뵐 기벽두 없나요. 나 같은 계집애한테 눈칠 채두룩 끙끙 앓기나 하구 남 비나 맞히구 다니구 그게 채신 없는 사내지 뭐야요.

득심이란 열에 뜬 게 아니라 현배도 어지간히 싸질대웠다. 이러면서도 현배는 창을 앞으로 받을 게 아니라 넌즈시 뒤통수로 돌려놓는 것이 아닌가

- '문화사대계' 중에서

여기에 인용한 글을 되는 대로, 즉 손쉽게 우연히 인용한 글이면서도 허윤석 씨의 문장은 독특한 스타일을 잘 보여주고 있다.

허윤석 씨의 생리는 그의 문장을 구성하는 데 주도적 역할을 어김없이 다하고 있다. 문장과 작가의 생리는 여기에 와서 일치되어져 있고, 그리고 이 일치에는 조금도 부자연한 무리가 없는 것이다.

순서와 질서를 따라 생리는 문장을 지도하고, 문장은 생리를 표현하고 있는 것이다. 문장과 작가 생리의 일치와 협동, 이것은 혁신적인 사실이 아닐 수 없다. 허윤석 씨의 사실에 대한 하나의 초석이기도 하고 한 개의 귀갑을 발견한 셈이다.

　인용한 문장 중 전자의 문장은 우리를 다음과 같이 생각하게 한다. 그것은 문장의 속도라는 것이다. 문장의 속도뿐만 아니라 사실의 속도, 그리고 현실의 속도라는 것이다. 사실을 현실의 어느 정도의 결정이라 하고 문장을 사실의 기술이라고 하면, 이 세 속도 간에는 균형 관계가 성립하여 있지 않으면 안 될 것이다. 현실이 현실적으로 변화하고 행동하고 운동하는 한 현실의 속도는 부정할 수가 없는 속도다. 고정한 현실이라는 것은 생각만 해도 우습다. 그런데 우리의 작가들의 눈에는 현실이 마치 미술 전람회의 벽에 걸린 몇 폭의 그림처럼 부동의 것으로 보인 것이다. 그 결과는 현실적 수법을 고정적 수법으로 변동케 하고, 고정적 수법은 문장을 동맥경화증에 걸리게 하는데 결정적인 역할을 담당했다고 할 것이다. 그러므로 현실을 유전 전환 부당의 운동체로서 보고 인식한다는 것은 작가의 구출을 조속히 할 것임에 틀림없다. 이러한 현실의 생태가 문장을 사실의 독에서 해방케 하는 동력이라는 것을 잠시라도 잊어버려서는 안 된다. 현실적 속도를 올바르게 파악함으로써만이 사실도, 문장도 속도를 갖게 되는 것이다. 이 세 속도의 균형의 획

득은 작가의 노력이 전부 아니 대부분이라야 하는 것이다. 허윤석 씨의 문장에는 그것이 얼마 만큼의 조화가 구비되어 있다. 이것도 구별의 하나다.

인용한 문장 중의 후자의 문장은 심리의 사실이다. 심리의 사실만 갖고서 할 말이 너무나 많다. 심리 사실의 양을 우리의 전 작품에서 얻으려면 조그마한 바구니 하나만 들고 가서도 모조리 담아올 수가 있다. 그만큼 적은 수량이다. 있기는 있다. 없는 것은 아니다. 그러나 이럴 때의 있다고함은 그 수량이 얼마나 미량인가를 강조하는 이외는 아무것도 알리는 것이 없다. 심리 사실의 도인(導因)은 빈곤한 이 땅의 소설에 무한한 가능을 가져올 것이다. 그렇다고하여 극단적인 심리파 소설을 창작하라는 것은 아니다. 그것은 소설이 아니라 신경의 난무가 되고 말 위험이 다분히 있는 것이다. 「문화사대계」의 여러 장면에는 시의 정신의 사실이 군데군데 드러나고 있다. 이러한 심리묘사도 귀열의 하나로 계산할 수 있을 것이다. 이리하여 허윤석 씨의 간단한 문장의 인용에서 우리는 사실(독성의)에 대항하는 무수한 기능을 지적할 수 있는 것이다. '옛마을', '해녀'의 문장은 거진 같은 말을 되풀이할 수가 있다. 그러나 '옛마을', '해녀'의 문장은 '문화사대계'의 문장과 조금 다른 몇 가지의 차를 찾아낼 수가 있다. 이 차에서 작가 허윤석 씨가 지닌 맹점을 말할 수가 있다. 허윤석 씨의 맹점은, 문장 자체에서는 탐지할 수가 없다. 문장에도 얼마 만큼의 책임이 없는 작품 '길주막(吉酒幕)'을 나는 그러한 의미에서 허윤석 씨의 유일한 작품이라 하고 싶은 것이다. 이 작품에서의 문장과 소설의 유리는 훨씬 좁아 들고 있다. 그리하여 보기에 얼마 안 되는 문장으로써 묘사되어 있는 설희에게 나는 허윤석 씨의 다른 어떤 인물에게보다도 문학적 향기를 느끼는 것이다. 설희뿐 아니라 봉이도 역시 인간적임을 느낀다.

　　　길주막에 산그늘이 옮아올 무렵에서 안마을 초시댁에서는
　　　오동나무차는 도끼소리만이 낭자하게 들려왔다.

　이 최후의 부분이 얼마나 거리가 있는지 모른다. 이 인생의 엄숙성을 알리는가. 이 문장과 앞에 인용한 문장과는 얼마나 거리가 있는지 모른다. 이 거리가 좁아지면 질수록 허윤석 씨는 문학과 소설을 수확해 갈 것이다. '인생의 극단(人生의 極端)을 별로 사지 않습니다'라고 허윤석 씨는 나에게 말한 적이 있다. 그러나 그의 이 말은 허윤석 씨가 지금 전력을 다하여 동맥경화증의 우리의 언어와 격투하고 있다는 그것을 말하는 것이 아닐까. 허윤석 씨의 격투는 그러나 아직도 대단히 미온적이다. 이 미온적인 격투를 백열적인 그것으로써 보여달라고 원하는 사람은 오늘 나뿐만이 아닐 것이다. 미온적인 태도만으로 그친다면 우리 문학은 다시 허윤석 씨와 같은 작가를 또 몇 년이나 지나서 만날런지 예상할 수 없다. 소설 속에 인생의 극을 담으려는 소설 원래의 목적을 모멸해버려도 좋으니까 우리는 허윤석 씨에게 독화된 사실에 용감하게 대항하라고 성원하고 싶은 것이다. 허윤석 씨는 그러나 좀처럼 그 격투를 그치려는 것 같지 않다. 미온에서 중지하는 그런 허윤석 씨의 문장일 것 같지는 않다. 그것은 허윤석 씨가 나에게 한 다음과 같은 말에서도 충분히 나타나고 있는 것이다.

"사색력은 무제한이라고들 생각하고 있지만 기실 우리의 사색 세계란 늘 용어의 제한을 받고 있습니다. 그러므로 언어의 빈곤은, 즉 사색의 빈곤을 가져오게 됩니다."

이 말은 허윤석 씨를 이해하는 데 큰 열쇠가 되는 것으로 나는 생각한다. 허윤석 씨의 사상은 이 말에 그 전모가 표현되고 있다. 그의 소설이 소설이 아니라 문장이라고 하는 것은 조금도 그에게 작가로서의 마이너스를 의미하는 것은 아니다. 허윤석 씨는 자신이 그것을 원하고 그리고 그 원하는 길에 허윤석 씨가 서 있는 것을 잘 알았을 것이다. '사람에게 언어가 있을 뿐이다'라고 하는 허윤석 씨의 사상은 결국 한 개의 성과를 지우고마는 것이다.

문장과 소설이 분리한 허윤석 씨의 작품에 우리가 문학을 감지하는 것은 허윤석 씨의 문장이 그만큼 매혹력을 가졌다는 것도 있을 것이다.

김윤성 론

제 1장

우리 나라가 잘 되어 간다는 것은 세계가 인지(認知)하고 있는 것이다. 신문을 보면 이것이 잘 나타나 있다. 외국 기자들이나 경제학자들이 다 일치하여 지금의 우리 나라가 개발도상국이라고 인정하고 있고, 고무하고 있는 것이다. 김윤성(金潤成) 씨는 너무나 이러한 여러 가지 사실들을 잘 파악하고 있다. 뿐만 아니라, 그러한 사실들을 고무적으로 받아들이고 무료 선전을 하고 있는 것이다.

    신호는 가도 / 응답없는 수화기에서 /
    갑자기 터져 나오는 홍소(哄笑)

    - '대낮' 의 3행

이 홍소는 어디서 나오는가. 이 커다란 웃음소리는 우리 나라가 뜻대로 잘 되어 나가는데 커다란 웃음섞인 반 답변인 것이다. 오늘을 철두철미하게 보고 있으면 있을수록 내일에는 희망이 용솟음쳐오는 것이다.
이 내일에 희망이 낭만적으로 표현되는 것은 당연한 일이다. 용솟음치는 희망이 낭만적으로 표기되는 건 으레 있을만한 일이 아니겠는가.

문학이란 무엇인가? 시란 무엇인가? 나는 다시금 자문해 본다. 그것은 어려울 게, 이러쿵저러쿵 궁리할 필요도 없이 내일의 희망인 것이다.

이 희망을 어떻게 표기하느냐에 따라 사실주의도 되고, 자연주의도 되고, 낭만주의도 되고, 실존주의도 되는 것이다. 그런데 김윤성 씨는 서슴 없이 사실주의를 택하고 낭만주의가 군데군데 끼어있는 것이다.

그러니 김윤성 씨는 낭만적 사실주의자라고 해도 괜찮지 않을까? 90%는 사실주의이지만 10%는 낭만주의인 것이다. 그러니 사실주의가 대종률(大宗律)이고, 낭만주의는 그 사실 속에서 피어 오르는 꽃인 것이다.

이 꽃은 아름답다. 꽃이 사막에 홀로 피어 있는 것보다 꽃 아닌 잡초 속에 피어 있는 것이 더 아름다운 것처럼 사실 속의 낭만이니까 더 아름다운 것이다.

　　잔잔한 江물이여
　　無限과 나 사이
　　運命의 바람은 불어와
　　녹음이 어지러이 흔들린다.

　　'나의 庭園의 라일락' 중에서

이것은 사실주의인가. 그러나 낭만주의의 입김이 개미 한 마리 만큼 적어도 남아있다고 생각한다. '잔잔한 강물이여' 라고 하는 말이 어찌 희망적이 아닌가. 희망적인 것이다. '무한과 나 사이 / 운명의 바람은 불어와' 라고 하는 말들도 절망적인 소리가 아니라 희망적인 소리가 아니라고 생각하는가? 아니다. 그런 것이다.

'운명의 바람' 이라고 하지만 이 말은 절망적인 소리는 결코 아니다. 운명은 희망적인 운명도 있고 절망적인 운명이 있다. 운명이라는 말을 할 때는 다소 비관적일 때 많이 쓰지만 김윤성 씨의 운명은 다소 희망적인 경우의 그것인 것이다.

'녹음이 어지러이 흔들린다' 라는 말도 희망적이 아니 될 수 없다. 이 4귀절은 희망적이지마는 이 '나의 정원의 라일락' 이라는 시가 27행으로 되어 있는데 이 4행을 빼놓고 12행은 다 사실적인 내용뿐인 것이다.

이만큼 철저하게 현실을 투시하면서도 그 투시 속에서 희망이 얼핏 스치고 지나가듯이 지나가는 행이 끼어있는 것이다.

이것은 현실 직시 속에서 희망의 미풍이 살랑하고 불어가는 것이다. 그러니 이 희망은 유달리 가치가 있는 것이다. 이 희망이야말로 진짜 문학의 핵심인 것이다.

문학이 희망이라는 것은 아무리 절망적인 표현에 꽉 차 있다 하더라

도 마지막으로 남는 독후감 속의 구석에는 희망의 바람이 스치고 지나
가는 것이다.

　게오르류의 「25시」는 얼마나 절망적인 표현이 많은가. 그 한 장면에
는 독일 병정들이 포로들을 트럭에 싣는데 수십 명이 다 탔는데도 총
뿌리로 트럭에 올라탄 포로들을 후려갈겨 한쪽으로 밀어붙이고, 또 땅
에 있는 포로들을 트럭에 태우게 한다. 그러니까 트럭에 발을 제대로
대고 있지 못할 만큼 많이 태운 다음에 발차시키는 장면이 있다.

　이만큼 무지하고 몽매하게 포로들을 취급하는 절망적인 묘사가 있다.
하지만 독후감은 그렇게 절망적이 아니다. 주인공이 조국의 고향에 돌
아가는 장면은 눈물이 나올 만큼 폭신하게 희망적이다. 그것도 있고
「25시」라는 제목이 다소 절망적이지만은 이 25시라는 시간에는 24시라
는 평상시가 그 안에 엄연히 내재하고 있는 것이다. 그러니 이 24시는
희망적이 아니고 무엇인가.

　아무리 절망적인 문학이라도 독후감은 이렇게 희망적인 것이고, 노골
적인 희망이 아니라 책을 읽은 후에 마음속에 따뜻함이 남는 것이다.
이렇게 책을 읽은 후의 감상이 따뜻한 것은 모든 문학의 공통점인 것
이다. 무슨 문학이라도 좋은 것이다.

　다음은 김윤성 씨의 시 몇 편을 검토해 보기로 한다.

당신과 나는 외나무다리를 건넜다.
넓은 냇가 햇살 속
우리들의 그림자가 물 속에 비치고 있었다.
나는 팔을 내밀어 당신을 붙잡아 주려하고

당신은 잡힐 듯 잡힐 듯 끝내 잡히지 않은 채
혼자서 다리를 건넜다.

우리들은 미루나무 숲속에 누워
무수한 잎사귀가 바람에 흔들리는 것을 보았다.

"저 미루나무 잎사귀의 수효는 대체 얼마나 될까."
"사람들 수효 만큼이나 많겠지요."
그 중의 가장 싱싱하고 잘 생긴 잎사귀를 눈으로 찾아 나는
속으로 그것을 당신이라 여겼다.

캄캄한 어둠 속을 돌아오는 차 속에서
"부디 행복하게 사세요."
당신이 하던 말

아니, 내가 찾아낸 그 미루나무 잎처럼
눈부시게 바르르 떨며 속삭이던 말이다.

휜한 하늘을 배경으로 지금도
바람에 흔들리는 내 머리 속의 미루나무숲.
그 숲속에서 유난히 반짝이는
하나의 미루나무잎

　이 시 작품은 시집 「애가(愛歌)」의 제일 처음에 있는 시다. 이 시를 읽으면 얼마나 사실적인가를 알 수 있다.
　여기에서 낭만적인 데가 어딜까 하고 굳이 찾는다면 '저 미루나무 잎사귀의 수효는 대체 얼마나 될까 / 사람들 수효 만큼이나 많겠지요' 라는 문답이다. 그러나 거의 반이 아니라 거의가 사실적이다. 그런데 이렇게 사실적인 대목뿐인데도 희망이 있다.
　제일 처음에 냇가가 나오는데 이 냇가가 희망적이다. 그림을 볼 때 그림에 강물이 있으면 마음속이 후련해지고 마음이 싹 풀린다. 그림을 호감적으로 대하기가 쉽다. 시도 마찬가지다. 시에 강물이 나오면 희망적이 된다. 제일 첫줄에 그것이 있으니 얼마나 독자는 희망을 느끼는가. 그리고 그 냇가를 건넌다는 것이다. 건넌다는 것은 하나의 일거리다. 여기 사랑하는 아가씨와 둘이서 냇가를 건너는 이 시의 주인공인 청년은 "부디 행복하게 사세요"라고 헤어질 때 말한다. 이 건넌다는 일도 희망적이다. 건너서 미루나무 숲속에서 사방의 고요함에 싸이고 주인공 청년은 애인과 함께 '그 숲속에서 유난히 반짝이는 하나의 미루나무잎'에 감동하는 것이다.

그리고 얼마나 좋은 시인가. 아무리 사실적으로 써도 이렇게 감동적이다. 잎사귀의 수효가 사람 만큼이나 많다는 것은 다소 과장일지도 모른다. 그러나 잎사귀를 사람에 비한다는 것은 얼마나 잎사귀를 존엄시한다는 말이 되겠는가. 그렇다. 잎사귀는 존귀하고 귀엽다. 사람과 비할 수 있겠다는 것을 느낀다. 애인과의 밀어를 미루나무 숲속에서 주고받는 이러한 장면은 아름답고도 귀중하다. 연애도 이와 같이 아름답게 진행시키고 싶다.

'愛歌·Ⅰ'이라는 작품은 21행의 좀 긴 편의 시이며, 어두운 표현을 한 것은 '캄캄한 어둠 속을 돌아오는 차 속에서'라는 한 구절뿐인데, 이 말조차 밝게 들리니 얼마나 희망에 찬 노래인가.

전체적으로 볼 때, 이 시는 밝고 찬란한(내면적으로) 면이 너무 많다. 애인과 둘이서 외나무다리를 건너서 미루나무 숲속에 들어간다. 그 숲속의 고요함을 만끽하면서 미루나무 잎사귀가 많은 것에 놀라고, 그리고 돌아오는 숲속에서 다정히 나뭇잎이 유난히 반짝이고 있었다고 생각하면서 이 시는 끝난다.

　이 시를 읽으면서 우리가 느껴야 할 것은 이 시가 얼마나 행복한 희망에 가득차 있느냐 하는 문제다. 외나무다리를 건너는 것도 희망적이요, 건너서 미루나무 숲속의 고요를 만끽하며 나뭇잎이 많은 것에 적이 놀라는 것도 희망적이요, 행복한 분위기다. 하여튼 읽으면 읽을수록 흐뭇해지는 시다.

　　　　오늘도 저물어 가는 해를 아무도 탓하지 않네.
　　　　저 혼자 피었다 저 혼자 시들어 떨어지는 장미,
　　　　아무리 둘러보아도 놀라운 것은 하나도 없네.
　　　　다음날 또 만나기를 약속하지만
　　　　우리들에겐 돌아갈 곳이 없네.
　　　　우리들에겐 돌아갈 날이 없네.
　　　　아직은 금간 데 하나 없는 永遠,
　　　　아직은 구김살 하나 없는 無限,
　　　　죽음의 共笑보다 더 공허한 無聊,
　　　　"다만 우리들은 모두
　　　　자기 모르게 태어났으니 죽을 때도
　　　　자기 모르게 죽고 싶을 뿐"

진정 우리들은 아무도 위로해 줄 수 없네.
두 번째 자살하는 眞實을 보고
마침내 發狂하는 天使들.
그래서 눈이 내리네,
슬프지도 아프지도 않은 눈이
사랑의 不在 속에
소리없는 한숨처럼 내리고있네.
어데선가
"나는 이 세상을 살지 않았다"고
마지막 숨을 거두면서 외치는 소리,
맨살 위에 떨어져 녹는 '눈물'
단 한번의 걸음으로 후회 없이
現實의 門을 열고 나서는 당신,
그 쓸쓸한 뒷모습 위에
아, 눈이 내리고 있네, 소리 없는 한숨처럼.

이 '愛歌'는 앞에 인용한 '愛歌Ⅰ'에 비해서 상당히 어렵다. '오늘도
저물어 가는 해를 아무도 탓하지 않네'라는 제 1연은 너무도 당연하다.
저물어 가는 해를 탓하는 사람이 어디 있겠는가. 장미는 혼자 피었다

시들어지고 아무리 둘러보아도 놀라운 것은 아무것도 없는 것이다. '다음날 또 만나기를 약속하지만 우리들에겐 돌아갈 곳이 없네'라고 한다. 다음날까지 있어야 할 곳이 없다는 말이 아니겠는가. 이것은 물론 심정적인 문제이다.

이 시는 그만큼 심정적인 문제를 다루고 있는 것이다. 돌아갈 곳과 날이 없다고 하는 것은 무엇일까?

이것은 인생의 유한성을 말하지 않나 생각된다. 인생은 육십이라는 말을 한마디로 이런 식으로 말한 것이다. 그렇지마는 '아직은 금간 데 하나 없는 영원'이 영원히 눈앞에 펼쳐져 있는 것이다. 그리고, '아직도 구김살 하나 없는 무한'이 가로 놓여져 있는 것이다. 그러나, 이 영원한 영원과 무한한 무한이 있는 시인은 스스로 죽음의 홍소(哄笑)보다 더 공허함, 무료함을 안고 있는 것이다. 영원을 대하면서도 거기에 대항하는 것은 무료뿐인 것이다. 이것이 한 시인의 운명이다.

다만 우리들은 모두 자기 모르게 태어났으니 죽을 때도 자기 모르게 앞에서는 다 무의미한 것이다. 그러니 '자기 모르게 죽고 싶을 뿐'이라는 것이다. 이 유한을 넘어서려고 '두 번째 자살하는 진실을 보고 - 마침내 발광하는 천사들'이 생기는 것이다.

천사들은 왜 발광하는가. 그것은 인간이 주어진 유한에 만족하지 못하고 '두 번째 자살하는 진실을 보고' 그 인간의 무모함에 천사들이 발광한다는 뜻인 것이다.

'그래서 눈이 내리네'라고 하느님의 은광을 빌어 보는 것이다. '슬프지도 아프지도 않은 눈이 사랑의 부재 속에 소리 없는 한숨처럼 내리고 있네'라고 하는 것이다. 그렇다. 눈은 하늘 위의 하느님이 인간 세계가 유한에 멍들까봐 은광처럼 눈을 내리게 하는 것이다.

'단 한번의 걸음으로 후회 없이 현실의 문을 열고 나서는 당신'이 당신의 현실의 문을 열고 나서는 것도 하느님 눈을 비롯해서 은광을 내리기 때문인 것이다. 그렇지만 눈이 '소리 없는 한숨처럼' 내리고 있다는 것이 아니고 무엇인가.

무력하기 짝이 없는 우리 인간이 현실의 문을 열고 나설 수 있는 것은 오로지 하느님의 은광 때문인 것이다.

'그 쓸쓸한 뒷모습 위에'라고 하는 것은 인간은 무력함과 동시에 고독하기 짝이 없는 존재인 것이다. 이 무력과 고독을 달래기 위해 하느님은 인간에게 비를 뿌리게도 해주시고 눈을 내리게도 해주는 것이다. 우리 인간이 살아가는 원동력은 다 하느님에게서 나오는 것이다. 우리 인간이 현실의 문을 열고 나설 수 있는 것도 물론 하느님 덕(德)인 것이다. 김윤성 씨는 자기도 모르는 사이에 이렇게 말하고 있는 것이다.

우리는 이와 같이 '愛歌'는 3부로 나누어져 있다. 제 1부가 '愛歌'로만 되어 있다. 이제 우리는 제 1부, 제 2부를 감상해 보자.

Ⅰ
동글동글 살찐 푸른 열매가
내 꿈 속에 주렁주렁 열려 있었다.

그 떫디떫은 果肉이
죽고 싶은 욕망으로 노랗게 익어갈 때

먼먼 地球의 追憶인 양
저녁 노을이 깔려 있었다.

슬픔에 젖은 눈동자
落下를 견디며 번지는 눈물 속에

Ⅱ
끝없는 하늘로 떠돌아 다니다가
비로소 여기와 머무는 하나의 漂流物.

얼어붙은 樹液의 덩어리,
이상하게 낯익은 形態를 하고

너는 눈을 뜬다. 이 *漂流物*에서.
*悔恨*을 모르는 사랑의 눈.
아 *液體*로 녹아드는 *甘味*로움이
*幻覺*의 무지개같다.

　이 '열매'에서 우리는 무엇을 감지해야 될 것인가. 쉬운 소리들이요,
어려운 말은 전혀 없다. '과일이 노랗게 익어갈 때 먼 먼 지구의 추억
인 양'이라는 데가 재미있다. 과일은 모름지기 동글동글하다. 그 동글동
글하다는 데서 지구를 연상하는 것은 당연하지만 지구의 추억이라니
논리를 너무 비약한다.
　지구의 추억이라니 이것은 무슨 말이 되는가. 지구가 영영 없어지고
난 후에 하느님께서 이 지구의 한 때를 추억한다는 것일까. 그런 뜻이
되겠다. 그러니, 한 개 나무에 달린 열매에서 지구의 추억을 연장하다니
이만저만한 논리의 비약이 아니다. 그렇지만 논리의 비약은 시인의 훌
륭한 특권인 것이다. 김윤성 씨는 응당한 시인의 특권을 행사하고 있을
뿐이다.

제2장

Ⅱ로 넘어가자. 과육(果肉)을 '하나의 표류물(漂流物)' 취급하다니 이 논리의 비약도 이만저만이 아니다. 그 표류물이 정착하여 하나의 열매가 되었다는 결론이다. 얼마나 엄청난 상상력인가, 놀라울 정도다.

열매를 표류물이라 노래한 시인은 세계에서도 김윤성 씨가 처음이 아닌가 한다. 굳은 열매를 표류물이라 하니 물은 무엇이라고 하겠는가.

'얼어 붙은 수액의 덩어리'라고 하는데 이것은 어찌보면 수긍이 간다. 열매가 수액의 덩어리 라니 김윤성 씨의 상상력에는 한계가 없다. 그런데도 '이상하게 낯익은 형태를 하고'라고 하는데 열매가 동글동글한 형태를 하고 있는 것은 이상할 것이 하나도 없는데 그 보통의 형태가 이상하다니 이것은 이상할 것이 하나도 없는데 이것은 무엇인가.

김윤성 씨의 상상력에는 한계가 없는 대신에 보통의 것을 보고 이상하다고 느끼는 초인적인 능력이 있는 것 같다는 것이다. 초인간적이다.

'너는 눈을 뜨나, 이 표류지에서 회한을 모르는 사랑의 눈'이라고 다음에 한다. 열매는 동글동글하니까 눈을 닮은 것은 사실이다. 그리고 사랑하는 사람들이 회한을 모른다는 것도 사실이다. 그래서 열매가 '눈을 뜬다'고 하는 것이다.

그리고 마지막 구절은 또 시인적인 비약이다. '액체로 녹아드는 감미로움이 환각의 무지개같다'고 하는 것은 순전히 시인적인 사고(思考)라는 것이다.

1
꿀벌 윙윙 맴돌다 사라진
바위 위에
천천히 똬리를 푸는 비단구렁이
섬뜩한 바람,
오래 잊었던 記憶이 忘却의 밑바닥에서
천천히 모습을 나타내듯
그것은 나의 心臟을 문대고 스쳐간다.
산자락만한 두터운 손길.
까마득 우러르는 하늘에
빙빙 圓을 그리는 소리개 하나,
이대로 죽음은 어제와 내일 사이에서 잊혀져 간다.
까마득 먼 하늘에.

2
十月도 다 저문
어느 날의 햇빛과 파란 하늘 속에
너의 알지 못하는 목소리들이
漂流物처럼 生死間을 떠들면서
조금씩 조금씩
영혼이 支配하는 장소로
자리를 옮겨가고 있다.
갈수록 그리운 얼굴들과 이별을 하고서
긴긴 祈禱을 올리고 있는
그리고 네 머리는 銀髮이 섞이듯
마른잎이 늘어나는 검은 숲속에
잊을수 없는 말들을 잠재워 놓고
요람처럼 흔들어라
내일의 言語로 노래하는
바람과 새들이여.

3
우레 같은 제트機의 폭음이 하늘을 찢는 아래
꿀벌 한 마리 노란 菊花송이 속에 주둥이를 묻고
그 언저리만이
太古와 같은 고요의 햇살이 내리고 있다.
여기 내가 혼자 있음은
누구에게 버림을 받아서가 아니라
그 菊花 속의 꿀벌처럼
혼자이기 때문이다.

'어제와 내일 사이'라는 이 시는 비교적 장문의 시다. 어제와 내일 사이라면 오늘 이 순간을 뜻하는 것이다. 사실적으로 심정의 세계를 잘 파헤쳐 있다. 1은 자기의 심정의 분위기를 그대로 읊은 것이고, 2는 그 자기 심정의 주관을 읊은 것이며, 3은 자기가 혼자 있음을 강조하는 부분이다. 이 시에는 할말이 별로 없는 것 같다. '영혼이 지배하는 장소로'는 무엇인가. 그것은 마음이다. 이 시는 모름지기 마음의 것을 노래하고 있다.

'내일의 언어'라니 무엇일까. 오늘의 언어를 내일 말할 때 그것이 내일의 언어인가. 아니다. 내일 나타날 언어라는 것이다. 미래는 언어를 말하는 것이다. 시인은 다 이 미래의 언어에 갈망해 왔다. '바람과 새들이 알고 있는 내일의 언어들이여' 하고 이 시인도 갈망하고 있는 것이다. 이 언어들이 나타나야만 전 세계가 유토피아가 되고 평화의 번영이 온다는 뜻에서 세계의 전 시인들이 그리워하고 있는 것이다.

이 시에 어려운 것은 하나도 없다. 그러나 담담히 써 내려간 이 시에는 미래에 대한 커다란 욕구가 숨어있다. 정신이 물질 위에 서고 전 인류가 행복을 누리는 유토피아에 대한 잔재적 욕구가 강하다는 것이다.

2에 가서 자기의 고독을 달래고 있음은 시인으로서의 해방감을 원하고 있기 때문이다. 이상으로 이 시는 대개 보아온 것 같다. 다음은 3부로 넘어 가자.

희미한 意識속에
들려오는
카운트 · 다운
- 5 · 4 · 3 · 2 · 1 · 0
순간
아득한 空間으로 사라져가는 記憶의 로켓
신호는 가도
응답없는 수화기에서

갑자기 터져 나오는 哄笑,
- 너는 누구냐

오 낮잠에서 깨어나
五月의 푸른 잎을 바라보는
그 순간의
경련과 같은 생명의 아픔

이 시 '대낮에'는 대낮에 낮잠을 자다가 착상한 듯하다. 생명감이 황홀히 나타나 있기도 하다.

희미한 의식 속에 - 들리는 5·4·3·2·1·0 이라는 카운트다운 속에서 순간적으로 아득한 공간으로 사라져 가는 기억의 로켓 속에서 기억이 생생하게 되살아난다. 다음 들리는 '홍소(哄笑)'는 무엇일까? 그것은 살아 있다는 생명감의 비약이다. '너는 누구냐' 라고 하는 이것은 자문자답일 수밖에 없다. '나는 나다' 라는 대답밖에 할 수가 없지 않은가.

이것은 '낮잠'이었던 것이다. '5월의 푸른 잎을 바라보는 그 순간의 경련과 같은 생명의 아픔'이라고 하는데 이것은 아픔이 아니라 기쁨이다. 생명감 있는 비약의 기쁨인 것이다. 이 기쁨이야말로 의미가 깊다.

대낮도 의식도 공간도 기억도 신호도 홍소도 5월도 경련도 초극한 생명의 기쁨이 있을 뿐이다.

생명은 중대한 것이다. 생명이 있은 다음에라야 다 있는 것이다. 이 생명의 원천적인 기쁨을 노래한 시가 이 시다. 다음에 이 시집의 마지막 시요, 또 3부의 마지막 시를 보자.

　　淸明한 連休의 오후
　　가난한 아버지는
　　오래간만에 딸의 손목을 잡고
　　싱싱한 가로수 밑을 거닌다.

　　사람들은 모두 郊外로 나가고
　　거리는 몹시도 한산한데
　　가끔 野外服차림의 家族을 태운
　　車가 질주한다.

　　갑자기
　　아스팔트 위에
　　떨어지는 햇살이

눈이 부시다.
"너 아이스크림 사주련?"
"괜찮아, 아버지"
조그마한 딸의 손이
아버지 손아귀에서 꼼지락거린다.
아, 행복이 있다면
행복을 손에 잡을 수만 있다면
그것은 꼭
이 뭉클한 작은 손과 같을 것이다.

　이 시는 읽으면 읽을수록 쉬운 말로 된 시다. 어려울 것은 하나도 없
다. 제목을 '아버지의 感傷'이라고 했는데 나는 '아버지의 행복'으로
고치고 싶다. 자기 손에 잡힌 조그마한 딸의 손이 아버지의 감상(感傷)
일 수는 없는 것이다. 이 가난한 시인 아버지는 딸을 사랑하는 데 있어
서 이 세계의 누구에게 질 수가 있을 것인가.
　이것은 아무리 생각해보아도 '아버지의 감상'이 아니라 '아버지의 행
복'이 아닐 것인가. 이것은 틀림 없는 행복인 것이다.
　이 행복을 누리고 있는 시인의 명예조차 느끼게 하는 시다. 행복과
명예를 누리고 있는 시인의 따사로운 감상이란 말이라는 뜻인가?

같은 3부에 있는 '까닭 없는 비상'이라는 시를 인용해야겠다.

      까닭 없는 갈매기의 飛翔
      白紙위의 狂亂
      수없이 나타났다 지워지는
      幻想의 神秘로운 筆跡

      그 중의 가장 확실한 것은
      보이지 않은 靈魂으로
      새로운 未來를 孕胎한 女人의 거대한 腹部
      욕망에 찬 그 그리운 모습

      삶은 때로 죽음까지 屈服시키지만
      不幸은 나 혼자만이면 足하다.
      슬픔 存在들이여
      나는 너의 存在를 認定하지만 너에게 依持하진 않는다.

이 '까닭 없는 飛翔'이란 시는 이 시집 속의 어떤 시보다도 어려운
시다. 짤막한 시이지만 내용은 별것이 다 들어가 있다. 첫절은 원고 용

지 위에 원고를 쓰고 있는 상황을 말하고 있는 것 같다.

'까닭 없는 갈매기의 비상'이라니 해변가에서 갈매기가 날으고 있는가 했더니 백지 위의 광란으로 나타나는 것이다. 그러니 갈매기의 비상이 아니라, 글씨를 써나가는 것을 뜻하는 것이 아니고 무엇이겠는가.

글자 하나가 갈매기라는 뜻이다. 수없이 나타났다 지워지는 환상의 신비로운 필적이라고 글에 매듭지어져 있지 않은가. 그 글자 가운데서도 가장 확실한 것은 '보이지 않는 영혼으로 새로운 미래로 잉태한 여인의 거대한 복부 욕망에 찬 그 그리운 모습'이라고 되어 있으니 몰라지는 것이다. 글자 속에서 여인의 거대한 복구가 나타날 리는 없는 것이다.

이러니 어려운 시라고 하지 않을 수 없다.

이것은 무엇일까. 이것은 원고를 메꾸는 어려운 작업 속에서도 이 시인은 복부를 상상하고 있는 것이 아닐까. 원고를 메꾸는 것도 생산적인 일이요, 연인의 복구(거대한)도 창조적인 것이다. 그런 같은 뜻에서 여인의 복부를 연상한 것이 아니었을까.

그러나, 그 연상은 나아가서 여인의 거대한 복부가 내일의 존재라는 데서 이제는 존재론에 이른다.

'삶은 때로 죽음까지 굴복시키지만'이라고 했는데 확실히 그렇다. 전쟁 속에서는 우리 편의 승리를 위해 죽음을 각오하고 나가는 수가 있다. 이것은 삶이 죽음까지 굴복시키는 예가 아닌가.

불행은 나 혼자만이면 족하고 행복한 존재들은 '슬픈 존재들이여'라고 개탄하는 것이다.

그 슬픈 존재들의 존재를 인정하지만 너에게 의지하진 않는다는 이 말은 나는 불행하지마는 그 불행한 존재인 내가 당신들과 같은 슬픈 존재들에겐 절대로 의지하진 않는다는 고함소리인 것이다.

이 시는 원고지를 메꾸는 일에서 '새로운 미래를 잉태한 여인의 거대한 복부'를 연상하고 거기서 다시 존재성의 이야기로 넘어오는 등 복잡 미묘하다. 참 의미심장한 시이기도 하다.

서정주 씨가 대가 가운데의 왕초라면 김윤성 씨는 중진 가운데의 왕초다. 김윤성 씨는 미사여구를 한마디도 안 쓴다. 쓰는 말을 평범한 말 가운데서도 가장 평범하고 쉬운 말을 골라서 쓴다. 단지 한가지 주목할 것은 그 깊디깊은 의미만은 어렵다는 것이다. 읽기에는 쉽지만 그 깊은 의미를 더듬어 가려면 어렵다는 것이다. 옛날의 대석학(大碩學) 칸트가 자기는 한번도 올라가 본 일이 없는 산의 꼭대기를 풀어내듯이 김윤성 씨도 아마 그럴 것이다.

김남조 론

제1장

크리스천의 3대 목표와 비슷한 부제를 붙이기는 했지만, 나는 여류시인 「김남조 론」을 씀에 있어서 '목숨과 사랑, 그리고 소망'이라는 말을 붙이지 않을 수 없었습니다. 그 제일 첫머리에 '목숨'이라고 한 것에 대하여 말씀 드려볼까 합니다. 그 제일 첫째로 '남은 말'이란 시를 한 구절 인용하겠습니다.

불 지핀 葉脈에서 못다 탄
흰 樹液의 한방울

남은 말이 있다.
어느 어름진 최종의 날에까지
毒묻은 버섯처럼 곱고 슬프게 눈떠 있을
네게 못다준 목숨의 말 한마디

'남은 말'이라는 시에서 김남조 씨는 이렇게 읊고 있습니다. 불에 활활 타는 나뭇가지에서도 아직도 못다 탄 부분의 흰 수액(樹液)의 한방울 이라고 말입니다. 나무는 생명이 있다고 말하는 태도이고, 나뭇가지가 타고 있는데 아직도 못다 탄 한방울의 수액에서까지도 생명의 존귀함을 느끼는 이 김남조 시인의 모습이 역력히 떠오르는 구절입니다.

사람의 목숨도 아닌 가냘픈 나무에게서조차 이 시인은 마지막 남은 생명의 고귀함을 호소하고 있습니다. 꺼져가는 목숨의 말 한마디를 꼭 이해하고픈데 그것을 알아듣지 못하는 우리 인간들의 이 처절한 안타까움을 김남조 씨는 달래고 있는 것입니다.

다시 말하거니와 이것은 어디까지나 미약한 나무의 목숨입니다. 인간들은 나무를 함부로 베고 또 불태우고 있습니다. 그 나무의 목숨에 있어서까지 이렇게도 애소하고 있는데 진짜 사람의 목숨에 이르러서야 이루다 말할 수 없을 것입니다. 신문지 상에서 보면 살인 사건이 꼬리를 물고 일어납니다. 그런 때 마저도 나무의 목숨에 이르기까지 이렇게 애통해하니 얼마나 목숨의 존귀함을 깨우쳤다는 것입니까? 대단한 일이 아닐 수 없습니다.

기적도 있고서야
내 하느님 설마 너를 살게 하시리라면서
夕陽처럼 번져나는 설움
깜박 눈이 머는 것 같아짐은
아무래도 어디 기막히는 아픔 끝에

네가 숨겨 가는가 보아

'남은 말'의 삼절은 이렇게 되어 있습니다. 기적을 바라고 내 하느님 조차 들먹이고 있으니 어김없이 하느님을 믿는 태도입니다. 그러나 아무래도 나무가 숨겨 가리라고 했습니다. 얼마나 속이 타고 아팠겠습니까?

그러니까 하느님을 믿는 입장에서는 영생을 바래야지 일시적 죽음은 바라지 못할 입장입니다. 그러니 그것을 사람에게서만 바라는 것이 아니라 한갓 나무에게서조차 바라는 김남조 씨의 태도는 너무나 놀라지 않을 수 없고 훌륭한 일입니다.

다음 구절까지 인용하면 이야기가 달라질지 모르니 그만하겠습니다.

'남의 말'이 수록되어있는 시집은 「목숨」입니다.

이것이 시집으로 나온 해는 6·25 전이던가, 6·25 무렵입니다. 나에게는 처남이 하나 있습니다. 목순복(睦順福) 이라는 이름인데 교육 잡지사 등 출판계에 오래 있어서 많은 시인이나 소설가를 잘 알고 있습니다. 이 처남의 말을 빌리면 아래와 같습니다.

'당시 6·25 때는 전쟁터에 나가는 많은 사병들이 많이도 이 「목숨」이라는 시집을 읽었습니다. 목숨을 던지기 위해 목숨의 고귀함을 우리는 알아야 했던 것입니다' 고 한 바 있습니다. 그처럼 6·25 때는 「목숨」

236

이라는 시집이 참 고명한 책이었다는 것입니다. 우선 '목숨', 즉 생명일 체에 대하여 말씀드리겠습니다.

일반적으로 따질 때 말입니다. 과학이 아무리 발달해도 과학은 생명을 창조하지는 못할 것입니다. 기껏해야 로봇 정도겠지요. 그러면 생명은 누가 만들었는가 하면 그것은 곧 하느님입니다.

하느님 말고는 생명을 부여할 수 없을 것입니다. 목숨의 고귀함에 눈뜬다는 것은, 즉 고귀하신 하느님에게 대한 깨우침입니다. 부제(副題)의 목숨은 따라서 믿음과 무관하지 않은 말입니다.

생명의 존엄성에 눈뜨자 마자 우리는 모두 하느님께 대한 사랑에 불타 올라야 될 것입니다.

김남조 씨는 믿음을 가진 뒤에 시를 썼다고 생각되는데 너무나 일찍 하느님께 눈뜬 분이라 생각됩니다. 그러니 이렇게도 좋은 시를 썼다고 말할 수가 있을 것입니다.

하여튼 김남조 씨의 처녀시집 「목숨」은 6·25의 동족상쟁(同族相爭)의 유형 속에서 각광을 받은 명시집이었습니다. 동족상쟁 속에서 제일 아까운 것은 생명, 더구나 인간의 생명이었을 것입니다.

신앙심이 깊었던 김남조 씨는 목숨의 고귀함이 동족상쟁 속에서, 헛되게 버려지는 속에서 목숨이 얼마나 고귀하고 아까운 것인가를 소리 높여 외쳤던 시인입니다. 더구나 동족상쟁을 하면서 말입니다.

6·25가 일어나던 해에 필자는 요새 말로 하면 고교 3년생이었습니다. 그때 말로는 중학교 6년생이었습니다. 그 당시 필자는 마산에 있었는데 마산 근처에까지 공산군이 쳐들어와 마산은 야단이었습니다. 길거리에서 강제 징병이 있다고 하여 내 아버지는 나를 다락방에 숨기셨습니다. 그러던 어느 날 아버지께서는 나에게 "마산 경찰서에 통역 모집이 있으니 응해 보겠는가" 하셨고 나는 응해 보겠다고 했지요.

　그 후 시험을 친 결과 필자는 채용되어 6·25, 그 당시 나는 통역을 해서 많은 미국 사병들과 격의 없이 말하고 있을 때였습니다. 김남조 시인의 「목숨」이라는 시집을 부대에서 한가한 틈을 이용하여 읽고 있는데 한 미국인 장교가 와서 묻는 것이었습니다. "무슨 책이냐"고 해서 시집이라고 했더니 그 장교가 하는 말이 "어디 한 편 번역해 보렴"하는 것이었습니다. 그래서 그 중 한 편의 시를 더듬더듬 번역해 주었더니 그 장교가 하는 말이 걸작이었습니다.

　"한국에도 이렇게 훌륭한 시인이 있다니 놀라운 일이다. 목숨은 그저 고위한 것만이 아니라 오직 하나의 것이요, 절대적인 것이다. 그렇게 말하는 시인은 세계에서도 드물 것이다"라고 하는 것이었습니다.

　나는 그때 시 한 편을 당시의 한국 최고의 문예잡지 「문예(文藝)」(현재 「現代文學」의 전신)에 추천받았기 때문에 그 장교가 그런 말을 할 때 나는 울고 있었습니다. '외국인도 칭찬하는 시인이 우리 나라에도 있었구나' 라는 마음속 생각이 어찌 나를 울리지 않겠습니까?

나는 지금은 아주 옛날 일이라 그 부대가 어떤 부대고, 어떤 이름의 장교였는지 잊었지만 쇼크를 받았던 그 사건은 잊지 않고 있습니다.

결국 그 장교의 말은 목숨은 단 한 개일 뿐만 아니라 절대적인 것이라고 강조하고, 하느님만이 목숨을 관리한다는 것이었습니다.

그 미국인 장교도 책을 많이 읽었던 사람이 아닌가 생각되는데 참으로 훌륭한 장교였습니다. 그 뒤에 어떻게 되었는가 하면 마산 근처에서 그 부대가 떠나자 한사코 종군하라는 권유를 받으면서도 필자는 아버지 말에 따라 그만두고 부산에 가서 대학에 진학했습니다.

앞에서 말한 바와 같은 일화를 남기고 있는 필자입니다. 그러니 어찌 6·25 당시의 시집 「목숨」의 열광을 등한시할 수가 있겠습니까? 내 처남 목 대위의 말을 빌릴 것도 없이 시집 「목숨」에 얽힌 이야기는 대단히 많습니다. 나의 처남 목 대위 말을 다소 해야 되겠군요.

목 대위 말을 빌리면 사실은 대위가 아니라 소령까지도 올라간 적이 있었는데, 술을 마시고 실수를 하면 당장 대위로 또 강등 당하기 일쑤라 별명이 대위가 되었다는 목순복 처남입니다.

그런데 6·25 초창기에는 마산 근처 내 고향, 진동을 방어하기 위해 무진 애를 썼고 그 이후, 소령 때는 대구 주둔 부대의 본부사령이 되어서 본분을 다했다고 합니다. 본부사령은 군인 중에서 사병을 더 귀하게 생각해야 한다는 것을 목 대위는 실천한 장교였습니다.

그 당시는 이승만 대통령 하의 자유당 시절이었습니다. 본부사령인 목 소령은 부대의 후생 사업, 즉 트럭을 약 열 대 동원하여 민간 업무를 시켜 돈을 벌었습니다. 목 소령은 그 번 돈으로 사병들에게 좋은 일만 하고 장교들을 위해서는 아무것도 안했다고 합니다. 그저 사병들의 의식주용으로만 그 돈을 썼다고 합니다.

어쩌다가 이것이 육군본부에까지 알려져 갖은 구박을 받았으나 목 소령은 하등 구애받지 않았습니다. 자유당 때는 상후하박이었는데 오직 목 소령만은 상박하후였던 것입니다.

이런 목순복 씨였으니 그의 말은 믿어도 될 것입니다. 그의 「목숨」시집에 대한 평론은 어김없이 맞았다고 생각됩니다. 6·25 때였으니 민족 시집이요, 민족 시인이었다고 하는 그 평은 들어도 괜찮다고 믿습니다.

그 「목숨」 시집에는 목숨을 소중히 하라는 말 대신 이런 '성숙(星宿)'이라는 시도 있습니다. 그 중간 구절을 빼면 이런 대목도 나옵니다.

차라리 심장도 함께
깨물고 뱉고 싶은 이 험악한 슬픔과 괴로움
나에게 한정된 삶에서만이라도
태양을 도는 지구를 닮아

나도 임만을 뵈올 수 있었으면

　하는 구절입니다. '깨물어 뱉고 싶은 이 험악한 슬픔과 괴로움'이란
6·25 동란을 말하고 있는 것이 아니고 무엇입니까. 그런데도 '나에게
한정된 삶에서만이라도 나도 임만을 뵈올 수 있었으면' 하는 것은 무엇
입니까? 이 경우의 임은 애인일 수도 있으나 오히려 여기에서는 하느
님을 뜻하는 것이겠습니다.
　하느님을 한번 뵈올 수가 있다면 '슬픔'과 '괴로움' 다 벗어나서 차라
리 죽고 싶다는 뜻이 아니고 무엇이겠습니까? 이렇게도 김남조 씨의
신앙심은 굳고 맹렬했던 것입니다. 「목숨」이라는 제목의 시집에는 목숨
이 헛되게 죽는데 대한 통탄과 비난과 반대와 함께 굳고 확고한 신앙
심이 잘 발동되어 있습니다.

　　폭풍이 온다.
　　목숨은 모두 아무렇게나 내던져진 한 장의 점괘(占卦), 그
　　어느 산발한 여인의 질탕한 원한이 엉켰다고 지축은 온통
　　처절한 오한 또 무참한 진통
　　아무래도 지구가 풍선처럼 찢어져 죽을 것만 같구나. 너
　　어서 내가 사랑한 오직 한 사람아, 날려와 내 허약한 가슴

위에 수정빛 고운 그 노래 불러다오.

'다시 한번 너의 牧歌 내 그리운 搖籃의 노래들' 이런 시의 구절도 있습니다. '오한 또 처절한 진통' 속에서도 오직 하느님에게서 숭고했던 것입니다. 우리는 잊어서는 안 됩니다. 시집 「목숨」에는 '오한 또 처절한 진통' 소리만 있는 것은 결코 아닙니다. 하느님에 대한 깊은 신앙과 사랑이 담뿍 들어 있다는 것을 결코 잊지 맙시다.

절망 속이면 절망 속일수록 김남조 씨는 더욱 더 그 절망을 넘어 설 수 있도록 하느님에게의 희망과 축복을 빈 것입니다. 그 절망이 얼마나 심했는가 하면 말입니다. 이런 식의 표현이었습니다.

불길이 몰린다.
무엇이고 함부로 와득와득 씹어 넘기는 火焰이 그 서늘한
파도마냥 밀려드는 구나

'다시 한번 너의 목가 내 그리운 요람의 노래들'의 1절입니다. 이런 정도였던 것입니다. 얼마나 오한이고 처절합니까? 그런데도 김 시인은 함부로 절망하지 않고 떳떳하게 하느님을 희구하고 축복을 빌고 있지 않습니까?

나는요? 이렇습니다. 하느님에게 아침마다 밤마다 하느님의 축복을 비는 것이 아니라 '저에게 고난과 시련과 고통을 주십시오'라고 기도합니다. 별로 고생 모르고 살아온 나는 언제나 무사하고 행복했으니 어찌 '고난과 시련과 고통'을 마다 하겠습니까. '고난과 시련'이 있어야 새 사람, 희망찬 사람이 된다고 합니다. 나에게서는 6·25의 비극은 되려 미군 부대의 통역으로서 좋았지마는 김남조 씨에게는 '고난과 시련과 고통'이었을 것입니다.

김남조 씨는 그 '고난과 시련과 고통'을 이겨내고 당당하게 요새도 숙명여대 교수로서 다복한 생활을 하고 있습니다. 「목숨」의 시인에게 주님의 은총이 대단한 것은 물론입니다. 다복하다고 했는데 김남조 씨의 부군은 서울미대 학장을 지낸 분이고 그리고 아들 딸도 적당히 운 좋은 가정생활을 하고 있습니다.

이것으로 제 1장을 마치겠습니다. 시집이 제 8시집까지 있으니 지금부터 문제가 되겠지요!

제2장

残骸에서도 피가 흐르는가

손끝이 저려 올수록
희딘 흰 菊花를 보고 있습니다.

　이것은 제 2시집 「나아드의 향유」의 '백국(白菊)'이라는 시의 두 구절입니다. '잔해에서도 피가 흐르는가'라고 했는데 이것은 뭐 고약하고 잔인한 목소리가 아니라 흰 국화꽃이 피어있는데, 그렇지만 이 아름답고 고운 국화가 어찌 나머지 뼈다귀란 말입니까? 도저히 아닙니다. 그저 이렇게 말해 보았을 뿐입니다. 이 하얀 국화가 제발 잔해가 아니기를 빌뿐이 아니겠습니까?
　'손끝이 저려올수록 희디흰 국화를 보고 있습니다'라는 말은 손이 저릴수록 흰 국화를 보고 있으면 마음이 가라앉는다는 뜻이 아니겠습니까. 이 제 2시집 「나아드의 향유」는 하느님에게 대한 착실한 신앙심과 소망을 담은 시들로 이루워지고 있는데 흰 국화와 같은 생활의 한 토막을 읊은 것도 있습니다.
　얼마나 일상 생활적으로 싱싱한, 육감적인 시입니까? 이 백국이라는

244

시를 읽고 있으면 김남조 씨가 얼마나 생활을 아끼고 사랑하고 있는가를 알게 되고 또 인자로운가를 알 수가 있습니다. 「목숨」이라는 처녀시집에서는 안타깝고 잔인하고 허전한 소리가 많았지만 「나아드의 향유」에서는 생활의 여유와 더 다져진 신앙 생활이 적나라하게 그려져 있다고 봅니다.

> 신의 이름 앞에
> 평화의 입맞춤을 비는
> 저 나무는
> 그렇듯 추연히
> 기도하는 나무일까

이것은 제 3시집 「나무와 바람」에 있는 '나무와 바람' 이라는 시의 한 절입니다. 나무가 주님 앞에 서서 기도까지 한다고 하는 이 시는 도대체 어떻게 된 것입니까.

인간에게만 주님이 있는 것이 아니고 만물에게도 더구나 나무에게도 있다는 것은 시인으로는 처음 있는 일이 아니겠습니까?

성서의 창세기를 보면 만물도 다 하느님이 만드셨다고 되어 있는데 나무는 물론입니다. 그러니까 나무가 하느님에게 기도한다는 것은 이상할 것이 없지만 한가지 나무도 하느님에게 기도한다는 시는 김남조 씨가 처음이 아닐까 하는 것입니다. 그만큼 김남조 씨는 신앙심이 두텁습니다.

눈으로 나무를 보는
나일 것인가

깊은 속마음의 계곡에서
보이지 않는 바람을 맞이하여
스르릉 소리 내는
내 영혼의 絃琴

'나무와 바람'이라는 시에서는 이런 구절도 있습니다. 눈으로만 나무를 보는 것은 아니고 영혼이 나무를 보면 나무도 경건하게 기도를 드리고 있다고 말하고 있지 않습니까. 하여튼 사람뿐 아니라 심지어 나무까지도 하느님에게 복종하고 경배하고 믿는다는 소리는 시인 중에서 김남조 씨가 최초의 시인입니다.

이것은 놀라운 일입니다. 동네 사람들에게 전도하는 것은 교회마다 하고있지마는 나무도 또한 하느님을 믿는다는 소리는 김남조 씨의 세

계시사적(世界時史的)인 첫 발견입니다. 그리고 또 「나무와 바람」시집
에는 '연가'라는 시가 있는데 이것은 하느님을 그리워하고 사랑하는
사람의 노래입니다.

> 짙푸른 水深일수록
> 더욱 연연히 붉은 산호의 마음을
> 꽃밭처럼 가꾸게 하소서
>
> 별그림자도 없는 어두운 밤이라서
> 한결 제 빛에 요요히 눈부시는
> 수정의 마음을 거울삼게 하소서

  인용한 구절은 '연가'의 두 구절입니다마는 이 구절을 읽어도 이 연
가가 애인에게 주는 연가가 아니라 하느님에게 가는 연가인 것을 쉽게
알아차릴 수 있을 것입니다.
  깊고 깊은 바다물 속이라도 붉은 산호의 마음을 꽃밭같이 가꾸어 달
라니 어찌 절대자에 대한 신앙심이 아니고 무엇이겠습니까.
  산호의 마음이나 수정의 마음이나 모두가 깨끗하기 짝이 없는 마음
입니다. 김남조 씨는 이러한 깨끗한 마음으로만 하느님에게 소망하고

순종하고 있다는 소리가 아니고 무엇이겠습니까.

　　앞으로 묵도와 축원에 어려
　　깊이 속으로만 넘쳐나게 하소서
　　사랑하는 이여

　'연가'의 마지막 구절입니다. '묵도와 축원에 어려서만 속으로만 넘쳐나게 하소서'라니 얼마나 예의 바르고 정직한 태도이며 순종하는 모습입니까?
　김남조 씨의 신앙 태도는 이렇게 모순이 없고 순조롭고 다정다감합니다. 얼마나 순결한 자세입니까. 이렇게도 열도하는 신도에게는 하느님도 뜨거운 축복을 내리시면 김남조 씨는 남부럽지 않는 생활을 하고 있다고 봄이 어떠합니까.

　　영혼이 살아가는 영혼의 마음에선
　　살결이 부딛는 알뜰한 隣人.
　　우리는 눈물겹게 함께 있어 왔느니라.

　이것은 '인인(隣人)'이라는 시의 한 구절입니다. 물론 「나무와 바람」

248

속의 시이지요. 영혼이 영혼의 살아가는 알뜰한 인인이라고 말하고 있습니다. 나무와 바람에게도 따뜻한 정을 주어온 김남조 씨가 어찌 인간을 욕하겠습니까. 영혼과 영혼이라고 하고 그리고 살결이 부딪는 알뜰한 인인이라고 하지 않습니까.

김남조 씨는 나무와 바람에게도 휴머니스트적이지만 진짜 사람에 대해서는 너무나 휴머니스트인 것입니다. 그러나 휴머니즘이라는 걸 나는 이렇게 생각하고 있습니다. 나는 김남조 씨에게 묻고 싶습니다. "선생님, 살인자도 휴머니즘의 대상이 되겠습니까?"하고 말입니다. 살인자는 죄지은 인간은 아닙니다.

김남조 씨도 잘 알고 있는 일이겠습니다. 「목숨」이라는 시집에서 공산주의자들에게 뭐라고 말할 수 없는 욕지거리를 했으니까요.

그러나 인인 중에서는 그런 살인자는 없었겠지요. 되려 선량하고 착한 마음씨의 사람들이 우글대고 있었겠지요.

목숨의 존엄성을 기어코 존중해야 되겠다는 김남조 씨의 태도를 밝혔으니 이제는 '사랑'에 대하여 말하겠습니다. 사랑도 목숨의 존엄성과 마찬가지로 믿음에 그 연유를 두고 있습니다. 하느님에게의 지극한 사랑이 김남조 씨 만큼 두터운 사람도 드문 일입니다.

외롬과 뭇 業苦가 다 하는 날에
그의 救贖으로
하늘의 영복을 내 누릴지니
베들레헴 가난한 말구유에
단잠 드신 아기여
童貞聖母의
미쁘신 생애의 보람

  '주 나신 밤'의 마지막 구절을 보면 '어둠 없는 밤'으로 되어 있습니
다. 얼마나 크고도 큰 사랑입니까. 깨끗하기만 했던 성모님의 미쁘신 생
애의 보람이 갓 태어난 주님의 어린 모습인 것을!
  베들레헴 가난한 말구유에 갓 태어나 단잠 드신 아기 주님에게 대한
김남조 씨의 이 말할 수 없는 경건한 태도는 주님의 축복을 받아 마땅
할 것입니다.

群星의 노래
뭇별의 頌歌

  라는 구절도 있는데 이것은 우주 전체가 주님의 탄생을 축복했다는

뜻이 아니고 무엇이겠습니까.

　　여호와 성부의
　　오롯이 하나이신 영광의 아들이심을

　하고 있습니다. 여호와 성부님의 오롯이 하나이신 영광의 아드님이 태어나신 밤, 성모 마리아는 얼마나 기뻤겠습니까? 그처럼 김남조 씨는 좋아하고 있습니다.

　김남조 씨의 하느님에게 대한 사랑은 이렇게도 태어나신 밤부터 시작되어 골고다의 언덕을 지나 오늘에 이르고 있습니다. '주 나신 밤'부터 오늘에 이르기까지의 말은 많을 것입니다. 성서의 연대를 따지면 2천년입니다. 2천년도 넘게 주님을 사랑해 왔습니다. 그 사랑의 도가 얼마나 깊겠습니까?

　　마리아
　　당신의 아기는 救世의 天主
　　빗발치듯 세찬 광채와 기쁨이 모두
　　그 아기께 비롯함이어도

라는 구절도 있습니다. 이 '거룩한 밤에'라는 이 시는 성모 마리아 님에 대한 찬송의 시입니다만, 아기 예수님을 구세의 천주라고 하고 광 채와 기쁨이 모두 그 아기에게 비롯된다고 김남조 씨는 써놓고 있습니 다.

아기 예수님에게 대한 김남조 씨의 이 사랑의 표백은 2천년이 지난 지금에도 이어오고 있습니다. 김남조 씨의 하느님에게 대한 사랑의 강 도는 아기 때부터 2천년이 지난 지금에 이르기까지도 변함이 없습니다.

깊은 화평의 숨쉬는 하늘
저만치 트인 청청한 하늘이
성그런 물줄기 되어
마구 마음에 빗발쳐온다.

라고도 하고 있습니다. 김남조 씨는 하나님을 하느님이라고 하고 있 습니다. '화평의 숨쉬는 하늘'과 '청청한 하늘'은 다 빗발쳐 온다고 하 는 것은 이 '6월의 시'가 김남조 시선에서 '주 나신 밤'과 가까이 있으 니 태어나서 얼마 안 되어서의 예수님이 마음에 빗발쳐 온다는 말과 무슨 다름이 있겠습니까.

겟세마니의 동산
　홀로 당신께서 기도드리시올제
　달빛에 피어나는 솜꽃보다도
　더 훤한 정결이 圓光으로 받드옵는
　永福이 등불이야 밝혀졌건만

　이 '야도(夜禱)'의 일 절을 읽으면 예수께서 밤에 기도 드린다는 대목인데 김남조 씨는 이 예수님의 기도를 축복하고, 또 축복하고 있는 것입니다.
　예수님에 대한 이러한 극치적인 사랑이 바로 김남조 씨의 하느님에게 대한 사랑인 것입니다. 예수님은 하느님의 독생자로서 다시는 없을 영복, 즉 영원한 복을 받으신 몸이기에 '영복의 등불이야 밝혀졌건만 다만 한가지 죄 많은 인간 생각으로 걱정이 태산 같으신 분입니다' 라고 김남조 씨는 말하고 있는 것입니다.

　같은 그 밤에
　구석져 달빛을 등진 곳에서
　당신의 刑冠을 짜던
　검은 손길의 욕됨이여

이렇게 쓰고 있습니다. 그러니까 나쁜 사람들은 예수님을 십자가에 보낼 형관(刑冠)을 짜고 있었다함은, 즉 사람들은 문제가 많은 족속들이라고 하고 있는 것입니다. 이 인간들 때문에 하느님이 얼마나 고생하실까, 예수님이 얼마나 고생하실까 하고 김남조 씨는 걱정하고 있습니다.

문제는 여기에 있습니다. 하느님의 창조물인 인간이 죄를 짓고 어떻게 하지도 못할 입장에 있습니다. 그러니 동족으로서 김남조 씨는 동족을 향하여 하느님을 믿어라 믿어라 하고 외치고 있는 것입니다.

하느님에게 대한 깊고 깊은 믿음과 사랑만이 인류를 구원한다는 소리는 아무리 강조해도 강조가 아니라고 김남조 씨는 역설하고 있는 것입니다.

하느님에게의 사랑만이 진짜 사랑이고 인간을 구원하는 힘인 것입니다. 하느님 아버지에게의 지극한 사랑만이 우리의 살길이라고 하고 있습니다.

김남조 씨의 사랑은 이와같이 하느님에게 쏠리고 있고 역설되고 있다는 것을 우리는 알아야 할 것입니다.

제3장

마지막 남은 문제는 소망입니다. 이 소망은 또 뭘까요. 소망도 또한 목숨과 사랑과 다를 바가 없습니다. 목숨이나 사랑이나 소망이 똑같다는 이야기입니다. 소망이 이 중에서 다르다면 좋은 시를 쓰고 싶다는 시인으로서의 갈구(渴求)가 포함되어 있다는 것입니다. 제 4시집 「정념(情念)의 기(旗)」에서 잘 나타나고 있습니다.

> 눈길 위에 연기처럼 덮여오는 편안한 그늘이여
> 마음의 旗는
> 이제금 눈의 음악이나 듣고 있는가

이것은 무엇을 말하는 것입니까? '편안한 그늘에서 마음의 기는 이제금 눈의 음악이나 듣고 있는가'라는 것은 '마음의 기'가 눈의 음악을 듣고 있어야만 나는 좋은 시를 쓸 수가 있을텐데 하는 것과 별반 다름이 없습니다. 요는 '마음의 기'입니다. '마음의 기'가 잘 나부껴야 내가 좋은 시를 쓸 수 있을 터인데 라는 김남조 씨의 소망의 일부를 담고 있는 말이 아니고 무엇이겠습니까?

나에게 원이 있다면
　　뉘우침없는 日沒이 고요히
　　꽃잎인 양 쌓여가는 그것이란다.

　이렇게 되어 있습니다. '뉘우침 없는 일몰이 고요히 꽃잎인 양 쌓여
가는' 것은 바로 좋은 시를 쓰고 싶어서 하는 소리가 아니고 무엇이겠
습니까?
　이렇게 '정념의 기'에서도 자기가 스스로 좋은 시를 쓰게 해달라는
욕망은 있으면서도 '때로 기도 드린다'라는 말도 있습니다.
　이 말은 무엇인고 하면, '좋은 시를 쓰게 해 주십시오'라고 기도 드
린다는 뜻이 아니겠습니까. 그러니 결국은 하느님에게 소망은 돌아간다
는 것이 아니고 무엇이겠습니까?

　　至高한 이에 이르는
　　어엿한 昇天의 기도가 될는지도 모른다.

　'회춘(回春)'이라는 시에 이런 구절도 있습니다. 김남조 씨의 소망
중에서 시를 잘 쓰게 해달라는 소망도 있지만 그보다 더 소중한 소망
은 승천에의 소망입니다. 지고한 이에 이르러야 되겠다는 소망과 같이

256

깨끗하고 순결한 소망, 즉 승천에의 의욕이 여기에 확실히 엿보입니다.

「정념의 기」라는 제 4시집을 보면 좋은 시를 쓸 수 있게 해 달라는 기도 소리와 함께 승천에의 희구를 노래한 시가 많습니다.

우리들 이제
오랜 이별 앞에 섰다.

'후조(候鳥)'에서 이 구절은 무엇일까요. 사람은 결국은 죽습니다. 그 죽음을 전제로 한 말이 아닐까요? 죽음이 얼마 남지 않았으니 모든 사람들과 결국엔 헤어져야 하는데 나는 다만 천국에 가고 싶습니다! 하는 말이 아니고 무엇입니까. 우리는 이런 시를 쓰는 김남조 씨가 반드시 천국으로 승천할 것을 믿을 수가 있지마는 김 시인은 그렇게 되도록만 희구(希求)하고 있는 것입니다.

솔로몬의 영화보다 들에 핀 한송이 백합을
높이신
당신의 미와 선의 숨결이
저의 가슴에서도 피어나게 하옵소서

'소박한 기도'를 보면 이런 구절도 있습니다. '당신의 미와 선의 숨결이 저의 가슴에서도 피어나게 하옵소서'라는 말은 언뜻 들으면 좋은 시를 쓸 수 있게 해달라는 말처럼도, 그만큼 천국으로 불러 달라는 소원처럼 들리지 않습니까. 요컨대 김남조 씨의 소망은 천국행입니다. 그런데도 이 세상이 싫다고 하는 소리는 별로 없습니다.

밝은 하늘에 걸린
커다란 氣球와도 같은 彈力있는 기쁨을
품고 살기 원이옵니다.

그러니까 '기구(氣球)와도 같은 탄력있는 기쁨을 품고 살기 원이옵니다'라는 말은 '그렇게 되어야 하늘에 올라 갈 수 있지 않습니까?' 하는 반문과 다름이 없지 않습니까? 김남조 씨는 이렇게도 천국행을 원하고 있습니다. 천국에 가면 하느님도 뵈올 수가 있고 또 영원한 생명을 달성할 수 있다는 것이 아니고 무엇입니까?

우리는 다 함께 천국행을 바라마지 않겠지만 김남조 씨의 경우는 다른 것 같습니다. 착실한 생활을 하고 하느님을 더 가까이로만 모시는 김 시인이 왜 이렇게도 천국행을 바라고 있겠습니까? 당연한 일이 아니고 무엇이겠습니까. 그런 것을 그렇게도 희구하다니 놀라운 일입니다.

그만큼 깊고 더 깊게, 두텁고 더 두텁게 하느님을 믿지 않으면 안 된다는 소리가 아니고 무엇이겠습니까. 하느님에게의 길만 오르는 김남조 씨는 아예 걱정할 필요가 없는 것입니다. 제 5시집인 「풍림음악」을 보면 인생의 쓸쓸함과 허전함의 노래가 많습니다.

생활이며 詩며
도모지
사치한 傷處라 이를밖에

'종이학' 이란 시에 이런 구절도 있습니다. 생활에서나 시에서나 김남조 씨는 우등생인데 왜 이런 소리를 하게 되었을까요?

사치한 상처가 인생이며 시라는데 어찌 그럴수가 있을까요? 나는 '하늘로 돌아가리' 라는 시가 있는데 그와같이 김남조 씨도 또한 이 인생이나 시를 영원한 나라에서 잠깐 소풍 온 그 소풍에 지나지 않는다는 말씀이 아닐까요. 소풍이 아무리 훌륭해도 일시적인 것에 지나지 않는다는 말이 아닐까요?

그러니 그 인생이나 시가 아무리 훌륭해도 영원한 나라에 비하면 결국 일시적이라는 말이 되지 않습니까. 시인 김남조 씨를 대성케 하는데 김 시인의 모친되시는 분의 힘이 매우 컸다는 것을 알고 있습니다.

> 눈물이 많은 어머니로 말하면
> 눈물은
> 母性의 샘입니다.

이 '모상(母像)'이라는 시를 읽으면 모친되시는 분이 다소 고생한 것처럼 되어 있으나 이 말은 억지 춘향이나 마찬가지로 들립니다. 다복했으리라 생각됩니다.

그러나 한국의 어머니들은 다 고생하시는 것 아닐까요. 눈물이 많다는건 어머니로서 훌륭한 어머니였다는 것 아닐까요. 눈물을 모르는 우리 나라 어머니는 거의 없습니다. '모성은 고독한 은총의 그 등(燈)입니다'라고까지 하고 있습니다. 김남조 씨도 이제 할머니가 될 나이가 아닌가 생각될 정도의 나이인데도 하도 미인형이라서 도저히 할머니 나이로는 안보일 지경입니다. 김남조 씨의 그 모성은 어떨까요. 김남조 씨의 어머니가 훌륭한 모성을 지녔듯이 김남조 씨도 또한 훌륭하기 짝이 없는 좋은 어머니가 아닐까 생각합니다.

좋은 시를 쓸 것을 소망하고, 천국행을 소망하고, 그리고 훌륭한 모성을 소망하는 김남조 씨는 다 그대로 소망을 이루게 되리라고 생각됩니다.

　그 이후에 나온 김남조의 시집을 들추어 봅시다. 제 6집 「겨울바다」
의 동명의 시 작품을 보면 다음 같은 구절이 있습니다.

　　　기도를 끝낸 다음
　　　더욱 뜨거운 기도의 문이 열리는
　　　그런 魂靈을 갖게 하소서

　이 구절에서 아직도 겨울 바닷가에 나갔어도 여전히 기도는 그대로
인 모양입니다. 김남조 씨의 한량 없는 기도는 시간을 초월하는 것처럼
보입니다. 기도도 또한 김남조 씨의 소망인가 봅니다.

　　　음악이 좋아
　　　아기가 좋아 나 산단다

　'꽃샘의 눈'이란 시에는 이런 구절도 있습니다. 음악이 좋다는 말은
각 시집에 많이 나타나고 있습니다. 음악과 아기가 좋아 산다는 김 시
인의 말에서 우리는 김 시인의 일상 생활이 얼마나 풍요한 지를 짐작
할 수가 있습니다. 풍요함이 풍요할수록 하느님에게 집착하는 김남조

씨는 자기의 소망이 미완성이 될까 보아서 자꾸자꾸 하느님에게 매달리는 것입니다. 김남조 씨의 소망이 완성되도록 하겠다는 뜻의 김남조 씨의 기도는 그만큼 깊어갈 수밖에 없습니다. 그 좋은 한가지 예가 있습니다.

제 6시집 「겨울바다」에 '송가(頌歌)'라는 시가 있는데 그 둘째 줄을 인용하면 다음과 같습니다.

조금씩 말배워
어린이처럼 유순한 말씨
내가 배워
그 말로 기도드리게 하소서

이렇게 되어 있습니다. 어린이가 태어나서 조금씩 조금씩 말 배워 나가는 식으로 나도 그렇게 좋은 말로 기도 드리고 싶다는 이 순박한 염원이야말로 우리가 많이 배워야 할 것입니다.

어린이에게 자기를 비유하다니 다만 놀라운 일입니다. 어른도 큰 어른인데 어린이에게 말을 배우겠다는, 어린이는 순진하니까 순진함에 내가 되려 배워야겠다는 것이 아니고 무엇입니까?

이것은 어디서 나왔을까요? '송가'의 시절에 이런 구절이 있습니다.

'영원한 것만 사랑'이라고 말입니다. '영원한 것만 사랑'이라니, 그러니까 일시적인 것은 사랑도 아니라고 하는 태도가 아니겠습니까. 이런 걱정을 하니 김남조 씨는 크면 클수록 걱정이 되어서 기도에 기도를 거듭하는 바입니다.

이러니까 우리는 대관 김남조 씨의 소망이 뭐라는 걸 알아야겠습니다. 시를 잘 쓴다는 것과 하느님에게 잘보여 천국행을 달성하겠다는 것과 좋은 모성이 되겠다는 것과 그리고 기도에 기도를 거듭하여 하느님의 미움을 사지 않겠다는 것입니다.

그 소망은 필자가 말했듯이 다 이루워지리라 생각되는데, 우리 김남조 씨는 아직도 미완성이라 하여 더욱 더 믿음이 강해지도록 기도를 드리고 있습니다.

필자의 생각으로는 그럴 필요가 없다는 것입니다. 김남조 씨쯤 되면 영생은 스스로의 것이라고 거듭 강조하고 싶습니다.

김현승 론

1970년 9월호의 「월간문학(月刊文學)」지 상에 김현승(金顯承)씨는 '나의 문학백서'를 쓰고 있는데 그 글 가운데서 명백하게 놀라운 말을 적어 놓고 있는 것이다.

"나 자신의 생활과 문학을 어디까지나 시인의 입장에서 단편적으로 고백하려 한다."

이 짤막한 말을 뒤바꾸어 놓으면 어떻게 된단 말인가. '고백' 밖에 더 있는가. 도대체 누가 고백을 못 한단 말인가. 이렇게도 쉽고 용이한 일이 어디 있는가. 이 단순하기 짝이 없는 고백이 문학의 기초요, 실마리라고 의젓하게 고백하고 있으니 왜 놀라운 일이 아니겠는가.

천하에 이름을 걸은 다른 시인들은 자기 문학의 바탕이요, 기초는 형이상학과 미학이요 라니, 세계와 인류라니, 전통과 미래라니 하며 떠벌리면서 억지 질서와 무게를 보탤려고 안간힘을 다 쓰지 않는가.

그런데 단순하기 짝이 없는 고백, 그것도 단편적인 고백이 자기 문학의 기초라니 얼마나 솔직하며 단도직입적인가. 여기에 김현승 씨 특유의 문학관이 노출된다.

이 노출의 표백(表白)이야말로 김현승 문학의 내부의 심오인 것이다. 그러나 김현승 씨는 '시인의 입장에서'라고 못을 박고 있지 않은가.

이 시인의 입장이란 무엇이 되지 않으면 안 되는가. 나는 갑자기 제정말기(帝政末期)의 쉐스톱 생각이 절로 났다. 쉐스톱은 어떤 문인론에서 '제 3의 눈'이란 소리를 하고 있었다. 즉 문인은(시인은) 보통 사람의 눈과는 다른 제 3의 눈이 박혀있고, 이 눈은 미래와 또한 저승까지도 꽃을 대하고 보듯 볼 수 있다고 한 것이다.

그러니 시인에게는 미래와 현재와 과거가 일치하여 제 4차원의 세계를 투시할 수 있어야 한다는 지론이다. 이것이 시인의 입장에서 세상을 흘겨보는 태도라야 한다는 것이다.

이런 입장에서의 고백이라니 나는 신부님 앞에 가서 하는 고해(告解)와 같지 않을까 생각한다. 김현승 씨도 신앙을 문제삼고 있지만 이 고해하는 태도와 일맥상통하는 고백이 아닌가 생각한다.

그러나 일반 신자들의 고해는 죄를 털어놓은 것이지만 시인의 고해는 미를 찬양하여 빛을 내는 것이 다르다면 다르다 할 것이다.

하여튼 고백이 문학의 출발이요, 종점이라니 얼마나 용도(勇度)있는 말이겠는가. 이 용기로써 일상 생활의 모든 요소를 아름답게 소화하고 성장한 것이 김현승이라는 인간인 것이다. 김현승 씨가 어떻게 닥쳐오는 모든 것을 어떻게 소화했는가를 우리는 엿보지 않을 수가 없지 않은가.

김현승 씨에게는 4권의 시집이 있다. 「金顯承 詩抄」, 「擁護者의 노래」, 「堅固한 고독」, 「絶對한 고독」이 네 권이다.

제 1시집인 「김현승 시초」는 저자에게도 없으니 내게도 없을 수 밖에 없지 않으냐 말이다.

　그러니 제 2시집인 「옹호자의 노래」에서부터 살펴보기로 하자.

　　　詩人들이 노래한 一月의 어느 言語보다도
　　　零下 五度가 더 차고 깨끗하다.
　　　메아리도 한 마장이나 더 멀리 흐르는 듯…

　　　五月의 썰매들이여,
　　　감초인 마음들을 未知의 散亂한 言語들을
　　　가장 鮮明한 音響으로 번역하여 주는
　　　出發의 긴 汽笛들이여,
　　　잠든 森林들을
　　　이 맑은 공기 속에 더욱 빨리 일깨우라!

　　　무엇이 슬프랴,
　　　무엇이 荒凉 하랴,
　　　歷史들 썩은 가슴에 흙을 쌓으면
　　　希望은 묻혀 새로운 種子가 되는
　　　지금은 樹木들의 體溫도 뿌리에서 뿌리로 흔든다.

피로 멍든 땅,
傷處깊은 가슴들에
사랑과 눈물과 스미는 햇빛으로 덮은
너의 하얀 祝福의 손이 걷히는 날
우리들의 山河여,
더 푸르고 더욱 邈遠하라!

도대체 이렇게도 신설(新雪)에 덮인 국토를 애지중지한 시인이나 사람이 있었을까. 은연중에 이 시는 삼천리 금수강산에 대한 사랑의 표출(表出)이 아니고 무엇이겠는가.

시인들이 노래한 어떤 언어보다도 영하 5도의 땅이 더 사랑스럽다고 노래하고 출발의 긴 기적인 모든 음향이나 미지의 언어들을 다듬듯이 안아 일으키고 슬픔이나 황량함을 무시하고 부인하고, 역사가들이 아무리 부정적일지라도 자기의 가슴팍에 사랑하는 땅의 흙을 문지르면 희망이 되려 새로운 종자(種子)가 된다고 노래하다니 얼마나 애토(愛土)의 기막힌 목소리인가.

비록 아무리 피로 물들인 땅이지만 아무리 상처투성이 가슴들이지만 사랑함과 눈물 고임에 젖은 땅이 햇빛으로 포근해지는 국토여 라고 이 시인은 우렁차게 노래하지 않는가 말이다.

더구나 이 시에서 우리가 놓쳐서는 안 될 것은 새로운 종자가 아닌가 한다. 이 새로운 종자는 앞으로 미래의 왕자가 될 것이 아닌가 한다.

　이 미래의 왕자는 오늘의 온갖 혼미와 더러움을 씻고 이 겨레에게 아름다운 산하를 안겨 주게 하고 명예로운 내일을 선물할 것임에 틀림이 없는 것이다. 영원히 가시지 않는 축복의 메아리가 우리 강산을 뒤덮고 잠든 삼림들이 사람인 양 생동하여 일깨우는 날이 시인의 염원이 비로소 풀어지는 날인 것이다.

　신설에 덮인 산하를 바라보는 시인은 하얀 눈 같은 건 보이지도 아니한다. 다만 보이느니 신설에 덮인 대지의 실상인 것이다.

　시인의 제 3의 눈에는 지금 수목들의 체온이 뿌리에서 뿌리로 이동해서 흘러가 안 보이는 움직임까지가 역력히 바라보이는 것이다.

　이런 선입관적 투시는 오직 시인만의 특권인 것이다. 이 특권은 바라보이는 모든 풍경을 모조리 찬양하고 축복하는 데만도 바쁠 대로 바쁘다.

　우리들의 산하여, 푸르고 요원하라고 이 시인은 애틋하게 희구하여 마지않지만 시인의 운명은 바로 이 희구에 사로잡혀 있는 것이다.

　출발의 기적을 소리 없이 외치는데 바로 이 점이 우리 국토의 대개화기(大開化期) 때를 보겠다는 시인의 운명적 매모드적인 희망이다. 출발은 곧 종점이 아니겠는가. 종점에서 피는 개화를 기대하는 마음이 이 시인을 부풀게 한다.

김현승 씨의 이 따사로운 가슴은 우리 겨레의 범애적(汎愛的)인 인간성의 반증이 아니고 무엇이겠는가. 이 지상의 누가 이렇게도 따뜻한 감정으로 이 대지를 노래 부를 수 있을 것인가.

대지는 모든 것을 낳는다. 인간도 동물도 식물도 할 것없이 대지의 소산이다. 삶도 죽음도 대지로 하여 나오고 거기로 꺼져가니 김현승 씨는 사람이기에 앞서 이 대지의 아들임을 되려 자랑으로 삼는 것 같고 무의식 중에 대지의 일부분인 양 자처하는 것이 이 시에 어렴풋이나마 엿보이지 않는가.

이 시는 이것으로 그만둔다고 해도 이렇게도 대지에 대한 애정이 가득하게 찬 시는 나도 처음이었다. 수목도, 인간도, 언어도, 종자도 따지고 보면 모조리 대지 안의 한 요소인 것이다.

꿈을 아느냐 네게 물으면,
플라타너스,
너의 머리는 어느덧 파란 하늘에 젖어 있다.

너는 사모할 줄을 모르나
플라타너스

너는 내게 있는 것으로 그늘을 늘인다.

먼 길에 올 제,
홀로 되어 이로울 제,
플라타너스,
너는 그 길을 나와 같이 걸었다.

이제 너의 뿌리 깊이
나의 영혼을 불어넣고 가도 좋으련만,
플라타너스
나는 너와 함께 神이 아니다!

수고론 우리의 길이 다하는 어느 날,
플라타너스,
너를 맞아줄 검은 흙이 먼곳에 따로이 있느냐?
나는 오직 너를 지켜 네 이웃이 되고 싶을 뿐,
그 곳은 아름다운 별과 나의 사랑하는 窓이 열린 길이다.

같은 시집의 스물두 번째로 있는 이 '플라타너스'라는 시는 언뜻 보기에 비교적 평범한 것으로 보이지만 두고두고 읽으면 중대한 일면을 엿볼수 있다.

우리 인간 사회, 아니 우리 백의 민족에게는 흔하디 흔한 나무인데 비해 김현승 씨는 이 플라타너스 나무를 마치 이웃집 동네 사람들처럼 대하고 있는 것이다. 사물을 의인화(擬人化)하는 것은 인간의, 아니 시인의 버릇이지만 김현승 씨는 마치 자기 친구인 양 대하고 있는 점이 다르다면 다르다. 길을 가다보면 순하디 순하게 서있는 이 무생물에게 친밀하게 속삭여 보는 것이다.

꿈을 아느냐고 물으면 플라타너스는 '머리 부분을 하늘에 젖히게 해 가지고 마치 꿈을 꾸고 있어요'라고나 하듯이 대꾸를 하는 듯하다. 김현승 씨의 물음에 마지못해 치사(致辭)라고 하는 듯하니 얼마나 지혜로운 일이겠는가. 김현승 씨의 범애(汎愛)로운 인자(人慈)가 플라타너스를 동족화(同族化)하여 악수라도 할 듯하다.

사모 같은 걸 할 줄을 모를 터인데 플라타너스는 오직 하나뿐인 재산인 그늘을 늘어주니 플라타너스도 능히 사모 같은 건 할 줄을 안다는 격이다.

의인화도 이쯤이면 단순한 의인화가 아니라 친구 취급인 것이다. 이것은 시인으로서도 다소의 월권 행위가 아닐 수 없을 것이다. 그만큼 김현승 씨는 투철한 애정으로써 이 플라타너스를 감싸주고 아낀다는 뜻일까.

플라타너스의 뿌리 깊이 자기의 영혼을 불어넣고 가도 좋겠다고 그러는데 돌연 이 시인은 양쪽이 다 신이 아니라고 뉘우치는 것이다.

무생물체인 플라타너스에게 사람이 아닌 것을 한탄하기는커녕 절대자인 신이 아니라고 한탄하는 여기에 김현승 씨의 시인 정신이 발동하고도 남음이 있다. 선천적으로 김현승 씨는 시인인가보다. 그리고 신의 율법에 온 몸을 맡기는 김현승 씨의 생활 방식이 여실히 나타나는 것이다.

너와 나는 다함께 신이 아니니 일대일이 아니고 무엇인가하는 태도는 뒤바꾸면 무생물인 것을 떠나서 일치하고픈 욕망이 아니고 무엇인가. 이와 같은 본의적 일치감(本義的 一致感)으로 플라타너스를 대하는 절실한 기원은 인류의 한계까지 훨훨 벗어버리는 것이 아니고 무엇이란 말인가. 그리고 수고로운 인생이 다 하는 날 플라타너스도 지하로 돌아가겠지만 플라타너스여, 너를 맞아줄 흙은 아무 데도 없고 그저 이웃이 되고 싶을 뿐이라고 하고, 아름다운 별과 사랑하는 창(窓)이 영원히 너를 지켜줄 뿐이라고 마지막을 닫는 걸 보면 김현승 씨의 자연 사랑이 초탈적(超脫的)이요, 진농(眞濃)하다는 것을 밝히고도 남음이 있다.

요컨대 플라타너스여! 너는 남이 아니고 나다, 나 자신이니 왜 남들이 너를 두고 무생물이라고 하는지 모르겠다고, 김현승 씨는 얼토당치도 않다고 머리를 설레설레 흔들고 있는 것이다.

통털어서 말하면 이것은 김현승 씨의 사물 관찰의 근본 동기가 애정의 테두리를 못 벗어났다는 것과 너와 내가 왜 다르겠느냐 라는 범신체의식(汎身體意識)이다.

인도의 타고르 같은 시인도 이와 같은 범신체의식을 평생 벗으로 삼았거니와 김현승 씨의 사물 취급도 타고르 못지 않게 철두철미 유신론상(有神論上)의 견지에서, 자타가 일치되는 공동 광장에서, 자기의 정신세계를 질타(叱咤)하면서 유유히 동일화를 노리고 있는 것이 아닐까.

가을에는
祈禱하게 하소서……
落葉들이 지는 때를 기다려 내게 주신
謙虛한 母國語로 나를 채우소서.

가을에는
사랑하게 하소서…

오직 한 사람을 택하게 하소서,

가장 아름다운 열매를 위하여 이 肥沃한
時間을 가꾸게 하소서.
가을에는
홀로 있게 하소서…
나의 영혼,
굽이치는 바다와
白合의 골짜기를 지나,
마른 나뭇가지 위에 다다른 까마귀같이.

  같은 시집의 후면에 실려있는 이 '가을의 祈禱'라는 시는 아마도 김
현승 씨의 신앙을 집대성한 감이 있다. 여러 각도에서부터 김현승 씨는
신앙 문제를 중요시했다. 유달리 가을을 김현승 씨는 계절 중에서도 가
장 사랑하고 아껴왔지만 그런 뜻에서 미루어 본다면 '가을의 祈禱'라
는 이 작품의 제목은 '최고의 祈禱'가 아니겠는가 말이다.
  애착의 계절에 즈음한 김현승 씨는 오직 바람인 기도밖에 생각이 없
다는 것은 다시 말해서 인간의 가장 깊은 곳에 들어가 아무쪼록 삼라
만상을 제외하고 순수한 인간핵체(人間核體)가 되게 해달라는 소망의
자세라고 보지 않을 수가 없다.
  이 본연의 극점에 이르면 인간은 자연스레 절대신의 무르팍 가까이

간다. 이제는 탁류도 없고 모순도 없는 유일무이한 본향(本鄕)에서 그는 무엇을 부르짖는가.

'사랑하게 하소서'라고 기도하는데 이것으로 미루어보아 사랑이라는 감정이 인간 세계에 얼마나 귀중한 보석인가를 알겠다. 이 보석은 고귀하다는 것을 넘어서서 생명체인 것이다. 사랑은 생명의 연소(燃燒)이며 핵심인 것이다. 가장 아름다운 열매를 있게 하는 부단한 노고이고 광채로운 결실이다. 이 열매를 위하여 이 비옥한 시간을 가꾼다는 말은 신 앞에 선 자의 시간은 스스로 비옥하고 풍부하고 절대하다는 것이다.

비옥하고 풍부하고 절대한 시간이라니 이 세상의 것이 아니고 천국의 것이요, 저승의 것이요, 하느님을 친위(親衛)하는 시간이겠다. 신성한 이 시간에 왜 하필이면 이 시인은 '홀로 있게 하소서'라고 신에게 호소하는가.

그것은 '자기의 영혼'을 전 세계 위에서 군림하고 싶고, 비약하고 싶고, 초월하고 싶기 때문이 아니겠는가. 이 시의 의미는 하여튼 신앙의 자기 축제가 아닐까 한다. 까마귀와 같은 미물에까지 신의 은총이 있게 해달라고 비는 성도적(聖徒的)태도에서도 알 수 있듯이 김현승 씨의 태세는 너무나 적극적이다.

신앙은 난해한 형이상학이 아니고 인간의 숨김 없는 심정의 길잡이다. 마음 하늘 한편에서 신이 부르고 있는 것이다. 그 부름에 응보(應

報)하기만 하면 성사(成事)를 이룩하기 마련이다.

　나는 시집 「옹호자의 노래」의 작품을 비록 3편밖에 검토하지 못했지만 거의가 다 비슷하기 마련이니 다른 작품들도 유추 해주기를 바랄 따름이다.

　'고백'이 자기 문학의 바탕이라 하고 더구나 단편적으로 그것을 나타낸다니 인생만반이 왜 차례대로 소화되지 못하겠는가.

　대면하는 모든 사상(事象)이 한결같이 광채를 뿜어내면서 문학으로 형상화하고 시의 결정체가 되고 마음의 보석이 되기까지에는 김현승 씨가 얼마나 그 사상들하고 냉엄하게 대결했겠는가를 생각해보라.

　그 대결 속에서도 나는 김현승 씨의 여유있는 미소를 볼 뿐이니, 얼마나 자신만만하고 윤택한 몸가짐인가. 대자연을 초월하여 한걸음 내달아 생명체로 승화시켜 버리는 섬세한 기술은 오히려 신의 비호를 받을 만하지 않는가.

　제 3시집인 「견고한 고독」은 1968년에 출간되었다. 이 시기는 작자가 밝혔듯이 '내 일생에서 가장 중후한 시간'에 해당하는 것이다. 이 중후하고 시도(詩道)에도 능숙할대로 능숙했을 시기의 시작(詩作)들은 어떠했을까 하는 흥미있는 과제는 대단히 우리들의 주목을 끈다.

　　돌아와 젖은 눈으로 / 바라 보는 / 희고 / 맑은 /

그의 이마 그 잔잔한 주름에 떨리며 닿을 때 /
내 뜨거운 입술은 / 오히려 꽃잎처럼 지고 말 것이다.

아름다운 것들은 피가 없다! /
그를 바라보는 나의 사랑도 영원의 눈에선 그러하다.

죽음이란 썩을 것이 썩는 곳 -

햇빛은 / 그 다음날 / 무덤에서 얻은 나의 새 이름을 /
차가운 돌, 그 깨끗한 무늬 위에 /
堅固하게 堅固하게 아로새겨 줄 것이다.

'돌에 새긴 나의 詩', 이 시는 무엇을 의미하는 걸까. 여기서는 김현
승 씨의 대역설(大逆設)이 숨을 쉬고 있는 희귀한 작품인 것 같다. 김
현승 씨에게는 비교적으로 절망적인 넋두리는 없는 편인데, 이 시에는
짙게 절조(絶潮)가 풍겨 오는 이것이 역설이 아니고 무엇이란 말인가.
돌에 새기다니 이것은 비명(碑銘)이 아니겠는가. 그러나 사실은 생명
(生命)인 것이다. 엄연한 사실을 냉철하게 바라본다. 인생의 사방 길에
서 돌아와서 보는 신의 이마는 세계의 모든 사상(事象)이 속속들이 그

오묘한 진리를 과감하게 '희고', '맑게' 비추고 있는 것이다.

　신의 이마와 잔잔한 주름은 이 우주의 영원한 역사이니 인간의 어떠한 동작도 여기에 대조하게 되면 막상 허무로 돌아가고 만다는 것을 '뜨거운 입술'도 '꽃잎처럼 지고 말 것'이라고 은연중에 암시한다.

　이것은 개개의 인간이나 사실들보다 영원한 역사의 한 발자국 한 발자국이 제왕처럼 군림한다는 것을 말하여 주는 것이다.

　'아름다운 것들은 피가 없다'는 여기에도 김현승 씨의 영원으로만 치닫는 눈이 있다. 인간이나 동물의 아름다움보다 꽃의 아름다움에 보다 영원미가 있다는 강조 용법 속에서 우리는 일시적인 것들의 단편적인 마지막을 본다. 나는 김현승 씨의 대역설이라고 말했지만 이것은 영원한 것을 찬양하고 일시적 생명을 도외시하는 김현승 씨의 영원주의자적 태도가 그 도외시를 너무나 쉽사리 포기하기 때문이다.

　그 포기 속에 김현승 씨의 시인적 독창성이 만발한다. 이 시는 시종일관 암시성에 가득 차 있어 난해한 것처럼 보이고 그 주변에서 맴돌기가 안성맞춤인 것처럼 되어 있는 것이다. '죽음이란 썩을 것이 썩는 곳'이라고 하는데 이것도 또한 그러한 김현승 씨의 지론(持論) 그대로가 아닐까. 말을 바꾸면 썩는 것이 아니면 왜 죽이겠는가 라는 소리가 아닌가.

　변화가 있는 곳에는 기어코 마지막이 닥쳐오고야 만다는 소리다. 이것은 조금도 죽음, 그 자체에 대한 부족이 아니고 사실 자체를 속임 없이 나열해놓은 것이다.

그 다음은 햇빛을 되려 축복하는 소리다. 왜냐하면 햇빛 또한 영원한 것이기 때문이다. 무덤에서 새 이름을 얻는다는 것은 이 세상과 저 세상을 구별하지는 않고 저 세상에서는 또 다른 이름을 얻어서 다시 산다는 부활을 믿는다는 게 아닌가. 햇빛이 그 새 이름을 차가운 돌 위에 깨끗한 무늬로 견고하게 아로새겨 준다는 말을 뒤바꾸면, 햇빛을 마치 한 석공 비슷하게 여기는 자애로운 사고 방식이 정당한 것이다 라는 오만한 일면을 볼 수가 있다.

하여튼 이와 같이 이 시는 영원을 이처럼 담담하게 내포하여 암시적으로 지상의 온갖 변화를 감시하고 내일의 태양의 위력을 극구 찬양한다. 시가 비록 역설적인 표현이기는 하지만 김현승 씨의 본성이 아낌없이 나타나고 있는 것이다. 마지막 부분에 있는 시 한 편을 또 봐야겠다.

祖國의 흙 한 줌 / 멀리 계신 어머님께 드리지 말고 /
내가 앉아 생각하는 / 책상서랍에 넣어둘지니

祖國의 흙 한 줌 / 멀리 있는 벗에게 보내지 말고 /
내가 심는 꽃나무 / 그 뿌리 밑에 묻어두리니.

祖國의 흙 한 줌은 / 세계의 黃金보다 /
부드럽고 향기롭게 그대의 살을 기르리니.

祖國의 흙 한 줌 / 가슴에 품던 따뜻함 /
코에 스미던 그 짙은 내음을 / 오늘의 우리는 잃어가고
있나니.

　이 시에서는 김현승 씨의 애국자로서의 일면이 뚜렷이 나타난다. 이
시 '祖國의 흙 한 줌'에서 우리 나라의 온갖 문제를 이리저리 보살피고
걱정하고 어루만지는 품이 여간이 아니다.
　첫연의 그 '조국의 흙 한 줌'을 멀리 계신 어머님께 드리지 말자는
것은 지나온 역사의 오점투성이 우리 국사에 구애받지 말고, 네가 앉아
있는 책상서랍, 즉 오늘 전개되는 여러 사정에 알맞은 준비와 상황에
합당하게끔 그 조국의 한 줌 흙을 활용해야겠다는 현재 위주의 생각인
것이다.
　디딤돌이 되는 그 한 줌 흙을 왜 함부로 소비하겠느냐고 반문하는 거
와 같다. 그리고 벗에게 그 흙 한 줌까지도 보내지 말자는 것은 내가
심는 꽃나무가 더 중대사이니 되려 자기가 하는 성스러운 과업(果業)
에 이바지 되게끔 사용하자는 자기 위주의 생각이 앞서는 것이다.

또 그 한 줌을 뿌리 밑에 묻어두어야 된다는 소리는 기초 실력을 양성하여 내일의 디딤돌로 삼자는 생각에서 일 것이다. 다음의, 그 한 줌 흙을 세계의 황금보다 더 고귀한 가치가 있다고 하여 부드럽고 향기로운 육체를 기르는 데 써야 한다는 것이다.

그리고 마지막의, 그 한 줌 흙이 우리 나라의 전통이요, 따라서 국력이나 마찬가지인데 그 진가를 오늘 잃어가고 있다는 말은 역사에 대한 반성으로써 우리는 그것을 잃어서는 안 되고 다시 증식해야 되겠다는 내일에의 깊은 다짐인 것이다.

이 시는 평범한 내용이지만 애국의 마음이 속에 강력하게 품어나와 있는 것이다. 과거보다는 미래를 더 치중하라는 예언이고 남보다는 자기가 더 귀중하다는 충고요, 황금보다는 육체가 소중하다는 계명(戒名)이요, 잃어져가는 우리의 재산을 잃어서는 안 되고 더욱더 많이 쌓아올리자는 시인의 안타까운 심정인 것이다.

우리는 이러한 조국 찬가를 여러번 들어왔지만 이 시에서 김현승 씨는 피로써 쓰고 있지 아니한가. 가슴속에서 스스로 애터지게 조용히 부르는 것이다.

이제는 제 4시집인 「絶對한 고독」으로 조용히 넘어가자. 이 시집은 1970년 6월에 출간되었다. 인생의 최중요기를 벗어나 세상을 관망하는 여유가 생겨서 인간의 전후 좌우를 쓰다듬 듯이 노래하고 고독을 몇 번이나 어루만지고 있다.

> 내 아침상 위에 / 빵이 한 덩이 / 물 한잔.
> 가난으로도 / 나를 가장 아름답게 / 만드신 主여.
> 겨울의 마른 잎새 / 한 끝을 /
> 당신의 가지 위에 남겨두신 / 主여.
> 主여 / 이 맑은 아침 /
> 내 마른 떡 위에 손을 얹으시고는 / 고요한 햇살이시여.

이 '아침食事'라는 시에서 나는 시인으로서 대성한 김현승 씨의 업보를 보는 것만 같다. 또 함께 신앙의 깊이가 얼마나 굳센가를 짐작하고도 남음이 있다.

밥 위에 놓인 '빵 한 덩이'와 '물 한잔' 이것은 어김없이 주의 축복이요, 은총이다. 주는 선택의 능력이 탁월하셔서 축복과 은총을 함부로 베푸는 것이 아니고 주의 안목에 들어차는 충실한 인자(人子)를 군중 속에서 점을 찍으셔서 올바르게 엄선하는 것이다. 김현승 씨의 밥상의 빵 한 덩이와 물 한잔은 어김없이 주의 이 엄선에 합격되었다는 그 증서나 마찬가지가 아니겠는가?

그리고 가난하면서도 자기를 이렇게도 가장 아름답게 만들어준 주의

귀의(歸依)는 일변도일 수밖에 없는 것이다. 가장 아름답다는 것은 주에게의 찬송이나 마찬가지가 아니겠는가?

가난을 생각해본다. 여기서는 인간의 대명사로 쓰이고 있는 것 같다. 그러니까 전능하신 주만이 당사자이시고, 인간은 한결같이 가난이라는 가면을 쓰고 있는 것이다.

그리고 겨울의 마른 잎새 끝이 당신이라고 감히 불러도 좋을 만큼 친정(親情)한 나뭇가지 위에 남겨지고 있다는 것은 애오라지 아직도 마지막이 아니라는 사실을 강조하는 것이 아닐까 한다. 끝의 연을 풀이하면, 맑은 아침에 '내 마른 떡 위에 손을 얹으시고는 고요한 햇살'의 발견은 그 햇살이 바로 주의 육체이시고, 하림(下臨)이라고 경이(驚異)하는게 아니고 무엇이겠는가?

고요한 저음으로도 김현승 씨는 아낌없이 신앙의 심연을 엿보이게 하는 것이다. 다음 시 편으로 넘어가자.

이 눈이 끝나는 곳에서 / 그 마음은 구름이 되고 /
이 말이 끝나는 곳에서 / 그 뜻은 더 멀리 감돈다.
한세상 만나던 괴롬과 슬픔도 /
그 끝에 선 하나로 그리움이 되고 /
여기선 우람한 기적도 / 거기선 기러기 소리로 날아간다.

지나가버린 모든 시간 / 잊히지 않는 모든 기억 /
나는 그것들을 머언 地平線에 세워두고 / 바라본다 /
노을에 물든 그 모습들을.

'지평선(地平線)'이란 이 시는 평범함 속에서도 한 풍경의 진미를 잘
나타내주고 있다. 겨울의 눈이 막 끝나는 곳에서는 마음이 구름이 된다
는 것은 구름의 방랑성(放浪性)에 마음이 동화되어 간다는 뜻이고 언
어(言語)가 끝나는 곳에서는, 즉 인간이 인간이기를 그만두고 나면 되
려 그 말뜻은 우주 끝까지 회귀할 것이다라는 것이 된다.
　인생의 세상만사일의 괴롬과 슬픔이 끝에 가서는 그림움이 된다는
것은 그만큼 그리움이라는 인류의 공동 의식이 괴롬이나 슬픔 같은 감
정의 모태이거나 그 승화(昇華)상태라는 뜻일 것이다. 기적이 왜 기러
기 소리로 날아간다는 걸까. 모든 것이 끊임없이 변화해 간다는 뜻일
것이다. 그리고 달통한 명인처럼 한갓 지평선에 지나간 시간과 안 잊히
는 시간을 두고 그저 막막히 노을에 물든 모습을 쳐다본다는 것이다.

　이제 마지막으로 결론을 맺어야겠다.
　김현승 씨는 어떤 시에서는 대지를 사랑했고, 무생물과의 본의적(本
義的)일치감을 기약할 만큼 자연에 몰두했고, 오로지 기도로써 모든 것

을 초극(超克)하려고 했고, 사랑의 고귀성에 머리 숙였고, 자신만만한 태도를 보였고, 역설적인 표현과 암시(暗示)까지 보였다.

더구나 유의하고 싶은 것은 김현승 씨의 신앙이 시작(詩作)의 대본이 되고 있다는 점이다. 김현승 씨는 대학교수이면서도 시에서는 그런 편린도 나타내지 않고 이 신앙의 견지는 유별나게 눈에 뜨인다.

우리 시단에서는 이 신앙의 소리를 조용하면서도 강렬하게 표현한 점에서 박두진(朴斗鎭) 씨와 다소 일맥상통하는 데가 있는 것처럼 보인다. 하여간 다각도에서 보아도 일가(一家)를 이룩했고, 우리 시단의 동굴 속에서 드물게 보는 퓨리탄이다. 청렴 결백하고 종신토록 우리 시단의 기념탑이 될 것을 빌어 마지 않는 바이다.

천상병 연보

1930년   1월 29일(양력) 일본 효고 현 嬉路市에서 부 천두용(千斗用)
              과 모 김일선(金一善) 사이의 2남 2녀 중 차남으로 출생.
              間山市에서 중학교 2년 재학 중 해방을 맞음.

1945년   일본에서 귀국, 마산에 정착함.

1949년   마산 중학 5년 재학 중 「죽순」에 시 '피리', '空想'을 발표.

1950년   미국 통역관으로 6개월 간 근무.

1951년   전시 중 부산에서 서울대 상과대학 입학, 송영택, 김재섭 등과
              함께 동인지 「처녀」誌를 발간.

1952년   「문예」誌 1월호에 시 '강물'이 유치환에 의해 추천 되었으며
              5~6월 합본호에 '갈매기'가 모윤숙에 의해 천료되어 추천이
              완료됨.

1953년   「문예」誌 신춘호 「신세대 사유」란에 '나는 거부하고 저항할
              것이다'와 11월호에 '寫實의 限界-허윤석 論'이 조연현에 의
              해 추천완료 되어 본격적으로 평론활동을 시작함.

1954년   서울대 상과대학 수료.

1956년   「현대문학」지에 월평 집필, 이후 외국서를 다수 번역하기도 함.

1964년   김현옥 부산시장의 공보비서로 약 2년 간 재직.

1967년   동백림 사건에 연루되어 체포, 약 6개월 간 옥고를 치름.

1971년   고문의 후유증과 심한 음주로 인한 영양실조로 거리에서 쓰러

짐. 행려병자로 서울 시립 정신병원에 입원됨. 그러나 이 사실이 알려지지 않은 채 행방불명, 사망으로 추정되어 유고시집 「새」 조광출판사에서 발간됨. 이로써 살아있는 시인의 유고시집이 발간되는 일화를 남기기도 함.

1972년   친구 목순복의 누이동생인 목순옥과 결혼.

1979년   시집 「주막에서」(민음사) 간행.

1984년   시집 「천상병은 천상 시인이다」(오상출판사) 간행.

1985년   천상병 문학선집 「구름 손짓하며는」(문선당) 간행.

1988년   만성간경화증으로 입원하였으나 기적적으로 소생.

1989년   시선집 「귀천」(살림) 간행.

1991년   시선집 「아름다운 이 세상 소풍 끝내는 날」(미래사) 간행.
         시집 「요놈 요놈 요 이쁜놈!」(답게) 간행.

1992년   시집 「새」(답게)의 번각본 간행.

1993년   4월 28일 오전 11시 20분 의정부 의료원에서 숙환으로 별세.
         유고시집 「나 하늘로 돌아가네」(청산) 출간됨.

1995년   시집 「저승가는 데도 여비가 든다면」(답게) 재간행.

1996년   「귀천」 영역시 (답게) 간행.

1998년   3인 시집 「도적놈 셋이서」(답게) 재간행

2001년   산문집「괜찮다 괜찮다 다 괜찮다」(답게) 재간행

저 자 와
협의하여
인지 생략

괜찮다 괜찮다 다 괜찮다

지은이 | 천상병
펴낸이 | 一庚 張少任
펴낸곳 | 도서출판 답게
초판 인쇄 | 2001년 7월 5일
재판 6쇄 | 2022년 3월 15일
등 록 | 1990년 2월 28일, 제 21-140호
주 소 | 04975 서울특별시 광진구 천호대로 698 진달래빌딩 502호
전 화 | (편집) 02)469-0464, 02)462-0464
        (영업) 02)463-0464, 02)498-0464
팩 스 | 02)498-0463
홈페이지 | www.dapgae.co.kr
e-mail | dapgae@gmail.com, dapgae@korea.com

ISBN 978-89-7574-153-2(03800)
ⓒ 2001, 천상병

나답게·우리답게·책답게